BESTSELLER

David Martínez Álvarez, más reconocido como Rayden, es un escritor, cantante y productor musical nacido en Alcalá de Henares (1985).

A los treinta y siete años aprendió a guiñar solo un ojo. Aunque antes de ese hito, había sido campeón mundial de una competición de improvisación, había sacado seis discos (dos de ellos n.º 1 de los más vendidos) y era padre de un hijo con inteligencia emocional.

En su faceta como escritor es autor de libros como *Herido diario* (2015), *TErminAMOs y otros poemas sin terminar* (2016), *El mundo es un gato jugando con Australia* (2019), *Cantinela: Cien canciones y noventa y nueve finales alternativos* (2021) y *Amoratado* (2022). *El acercamiento de la mujer cactus y el hombre globo* (Suma, 2023) fue su debut como novelista. *El taller de los niños interiores* es su siguiente novela.

Puedes contactar con el autor a través del medio que prefieras (Instagram, X, YouTube, TikTok):
@soyrayden
◢ t.me/Raydenoficial

Biblioteca

~~RAYDEN~~
DAVID MARTÍNEZ ÁLVAREZ

El acercamiento de la mujer cactus
y el hombre globo

DEBOLS!LLO

Papel certificado por el Forest Stewardship Council®

MIXTO
Papel | Apoyando la
silvicultura responsable
FSC® C117695

Penguin
Random House
Grupo Editorial

Primera edición en Debolsillo: abril de 2025

Printed in Spain – Impreso en España

ISBN: 978-84-663-7176-6
Depósito legal: B-2.627-2025

Compuesto en Blue Action
Impreso en Black Print CPI Ibérica
Sant Andreu de la Barca (Barcelona)

P 3 7 1 7 6 6

A las parejas que no abren los ojos cuando besan
A Adri, Zy, Puro, Gema, Javi, Adri, Jorge y Rebe
por ser el espejo

1

Sáhara, el gran desierto

You're given a flower
But I guess that there's just no pleasing you
Your lips tastes sour
But you think that it's just me teasing you.

WHITE STRIPES, «Blue Orchid»

Hola, me presento:
me llamo Sáhara, sí; como el desierto.
Lo paradójico de este entuerto
es mi oficio de nacimiento.

Vengo de una familia de artesanía floral,
floristas que perpetúan la tradición familiar:
nos dedicamos a los cuidados
de la planta y arreglos florales,
corte del tallo mimando cada detalle,
decoradores de interiores
para alegrar los hogares,
de exteriores para ser
la envidia en los portales,
bodas, bautizos, comuniones
y mesas presidenciales.

Hija de Jacinta, nieta de Narciso,
bisnieta de los Flores, y mi madre,
mi madre va y me llama «Sáhara»…
Sáhara, ¡con tres pares!

Somos la floristería
donde compran Sus Majestades,
tenemos hasta su foto firmada, míralos,
¡qué guapos salen!

En casa, ya lo tengo dicho,
que renovarse o al nicho,
y les convencí de que modernizarse
no es ningún capricho,

que teníamos que repartir a domicilio,
(no sabéis lo que fue ver a mis abuelos
pidiendo auxilio
entre tanto «interné», «peipal»,
«guasa», «guifi» y «Emilio»),
pero salí victoriosa de ese concilio
y ahora llevamos la flor
«De la tienda a vuestro idilio».

Sí, habéis leído bien;
idilio: amor muy intenso
que dura muy poco
y va a doler.
(A veces me siento como la jardinera del diablo,
sobre todo, cuando hablo,
pero de algo hay que comer).

Imaginad un amor duradero,
un amor sin fisuras, férreo, sin ningún «pero»
una relación instalada
en la monotonía del te quiero,

un te quiero manido y degradado venido a menos,
te quiero como sinónimo
de hola, adiós, nos vemos,
tengo hambre, tengo gases, tengo sueño,
cari, ¿follamos?, gordi, ¿comemos?,
¿quién fue el último en tirar la basura?
Yo fui primero…

Un amor así solo compra flores
los 14 de febrero,
en los cumpleaños y en los entierros,
y eso, amigas y amigos, no da dinero.
Nosotros vivimos en los romances de verano,
en los flechazos y pedidas de mano,
en las reconciliaciones con forma de ramo,
en las penúltimas veces que lo intentamos en vano
y en lo poco duradero que resulta el amor urbano.

Hacemos negocio en los después y en los antes,
no nos importa el durante,
ese coto se lo dejamos
a los menús del día de los restaurantes.
Nosotros rentabilizamos el poder del instante
la teoría de la novedad
y el querer tener todo a nuestro alcance.

Tenemos un cliente, un político muy importante,
que religiosamente, cada martes,
manda los mismos ramos de flores a diferentes amantes:
margaritas, rosas chinas,
peonias y tulipanes.
Vamos… un tunante.
Un ramo, rumbo a la calle del Desengaño,

el otro, parte cerca de la estación del Arte.
Al recibir el obsequio las dos caras
reflejan el mismo semblante:
un gozo exultante.

Junto al regalo, una nota como acompañante
de que dice algo así como:
«Siempre tuyo, no quiero enamorarte».

¿Alguien podría convencer a esas dos damas
de que este hombre elegante no las ama
con las mismas ganas?
¿O que ese cabrito no tiene el corazón
y la bragueta en llamas?

Son tiempos modernos
donde hemos aprendido a poner
fecha de caducidad a lo eterno,
ahora todo se vive con tallo corto
y no sobrevive al invierno,
nos salimos de los márgenes
y de los renglones del cuaderno.

Somos lo bueno porque es breve
y por eso es célebre,
porque nos quedamos en el relieve
sin hacer tiempo ni hincapié,
pero hincamos el diente a lo leve.

El amor, como toda buena flor,
hay que regarlo, sí;
pero cuando se marchita
ya no resucita,

y si lo riegas mucho
te pudre el resto del jardín.

Y así pasa con todos
y con todas,
¡ya lo dice la flora!
¿Para qué ser un arbusto robusto
esperando la poda
o un sauce llorón que lleva tanto llorando
que no sabe ya ni por qué llora?
Mejor vivirlo con la pasión
de la flor de la pasionaria,
que solo dura de doce a veinticuatro horas:
o, mejor, desvivirse sin echar raíces
y volar como las esporas.

El colmo de mi familia es que, ya de muy joven,
se descubrió que yo tenía alergia al polen.
¿Cómo se come?
Alergia, en invierno a los chopos,
avellanos y al enebro,
tuve hasta la «fiebre del heno» y casi quiebro.

Imaginad la deshonra en mi familia,
toda la casa llena de pensamientos,
hortensias, jazmines, azaleas y orquídeas
porque si no «la niña
ni ve ni respira con las gramíneas»,

menos mal que pasé por un tratamiento,
uno de inmunoterapia de esos caros
que hizo efecto
para olvidarme de una vez de tanto medicamento.

Ahora
soy inmune a casi todos los pólenes de mi zona
aunque sigo teniendo alergia a otro tipo de polen…

[Al de las personas].

2

El justiciero Ciro

So he kick, push, kick, push
Kick, push, kick, push, coast
And away he rolled
Just a rebel to the world with no place to go
So he kick, push, kick, push,
Kick, push, kick, push, coast
So come and skate with me
Just a rebel looking for a place to be
So let's kick
And push
And coast.

LUPE FIASCO, «Kick, Push»

Recuerdo cómo aprendí a montar en bicicleta.
Fue en la parte trasera de mi bloque,
en la plazoleta.

(Subo por la calle Atocha y entro por el barrio de las Letras).

Todos tenían una BH y yo
iba subido a una GAC Motoretta,
roja intensa, con sillín negro alargado
y frenando con manetas,
a mis padres les tuvo que costar
unas veinte mil pesetas;
pesetas de aquellas,
un regalo para mi hermana Julieta
por buenas notas que después
heredé en una mala rabieta.

(Salgo de la calle San Sebastián y paso la calle Huertas).

Ahí estábamos mi padre y yo
en la parte trasera de nuestra calle,
llegaba a duras penas a los pedales

y mi padre no me dejaba bajar el sillín
con la llave Allen,
decía que bajar el sillín
«era de niñas y homosexuales».

(Paro cinco segundos para saludar a la estatua del barrendero
de Jacinto Benavente esperando que me hable).

Mi padre, ¡el hombre hecho a sí mismo!,
¡el egocentrismo concentrado!,
¡el «a mí nadie nada me ha regalado»!,
¡el máximo exponente del paternalismo!

La historia del niño que empezó
como mozo de almacén
para convertirse
en el gran ejecutivo.

Don altivo meacolonias disfrazado
de hombre de bien
que te saluda con la misma mano
con la que te despide.
El relato del angelito que padeció
el síndrome de Lucifer
que es ser un cabrón solo porque antes con él
lo habían sido.

(Bordeo la plaza del Ángel y sigo por la calle Carretas).

«Confía en mí, yo te sujeto»,
decía mientras íbamos sumando metros,
corría (cada vez más rápido) y yo
cada vez más inquieto

perdiendo la calma con más miedo que respeto.

De pronto, noté cómo de mi espalda
se despegó su palma
y me sentí un guiñol sin actor,
una marioneta descalza
desprovista de alma.

Noté separarse cada dedo:
índice, corazón, anular, meñique y pulgar.

Cada hueso: grande, ganchoso, piramidal
pisiforme, escafoides, trapezoide, trapecio, semilunar,
falange proximal, falange media, falange distal...

¡Todos y cada uno de los huesos
que tiene ahí un ser humano!
Hasta los carpianos y los metacarpianos...

Todos
      se
         alejaron
               en ese lugar
                     y en ese
                         tramo.

Un recuerdo grabado a fuego
con la precisión de un cirujano;
la última vez que ese animal
en su puta vida me echó una mano.

(Cruzo el kilómetro cero rumbo a la calle de Preciados).

¡Qué fácil es olvidarlo todo a veces
menos olvidar lo que a uno le apetece!

Las maletas de mi madre
que no cruzaron la puerta,
todas las puertas que me cerraron en la cara,
la primera hostia de mi padre
con la mano abierta
y la primera que le di yo
esperando que no se levantara.

¡Qué fácil es olvidarlo todo a veces
menos olvidar lo que a uno le apetece!

La vez que entré en clase con una mierda pegada a la suela
consiguiendo que todos
se rieran de mí al entrar.
La última vez que vi a mi abuela
enferma y postrada en una cama de hospital.

¡Qué fácil es olvidarlo todo a veces
menos olvidar lo que a uno le apetece!

Ese instante en el que tuve
que mentirle a la cara
y decirle que no sentía nada
porque era mejor para los dos,
cada vez que lo recuerdo
la saliva me sabe a pila oxidada
y siento que la mierda me come
de tanto cagarme en Dios.

¡Qué fácil es olvidarlo todo a veces!
Qué fácil parece…
Hasta que reaparece.

(De San Bernardo me desvío a la izquierda con Noviciado
y a la segunda salgo por la calle del Acuerdo; era el número 22).

Estaba solo, descontrolado,
intentando coger el manillar
y así retomar el poco autocontrol
que me podía quedar,
mano izquierda… ¡sujeta!
Mano derecha… ¡da igual!
Al menos algo ya podría frenar.

«Bueno, ¡no estamos tan mal!», pensé.
No puede ir a peor,
al segundo y a lo lejos
un coche en mi misma dirección;
si me hubiese ocurrido ahora,
seguro que iría a tres por hora,
pero en esa época
me pareció una bola de demolición,

los pedales girando
a una velocidad endemoniada
y todavía sin mantener mi pisada,
el manillar
     iba
          en
todas
     direcciones,

    zigzagueaba
y yo sin poder quitar la mirada
del coche que se acercaba,

ese día
fue una de las pocas veces en las que creí,
que realmente iba a morir,
siete años y no había sido apto para Darwin;
the end, ende, einde, konec, c'est fini, fin.

Pero, en un alarde inconsciente
e instintivo de maestría,
o que hasta un reloj parado
acierta dos veces al día,
conseguí meter los pies en los pedales
y hacer esa bici mía;
nunca me supo tan bien tragar saliva.

(Calle del Acuerdo, 22… A ver dónde carajo está el 2.º exterior. Aquí.
Venga, vamos que es el último servicio del día).

—¿Diga?
—TraiGO, aquí tiene su comida.
—Suba —ordena sin titubear una voz femenina.
Acto seguido se abre la puerta del portal
y al abrir chirría.
Subo pisando fuerte cada escalón,
haciendo sonar la barandilla,
forzando que algún vecino o vecina
mire por su mirilla;

es una técnica depurada
para que se note mi cercanía

y me abran la puerta antes
de que llame y otra vez lo pida.

Parece ser que sí se da por aludida.
Al subir el primer piso,
escucho una llave que gira
y abre la puerta dejando un halo que ilumina
un piso más arriba.

—Tome, señora, aquí tiene su pedido.
—¡Señorita! No me pongas años encima
ni maridos,
aunque tú ponme como quieras
que me sabrá a cumplido
—me dice utilizando un tono
que ya tengo muy reconocido:
ese tonito que cazo al vuelo;
un tono que mezcla sorpresa,
simpatía y coqueteo,
la mejor pelea que puede haber,
el mejor duelo:
el flirteo.

Una cosa es que odie a mi padre
y otra, muy diferente, que no presuma
de tener sus mismos ojos
como el que tiene una fortuna,
fortuna que, unida a mi labia,
utilizo de manera oportuna,
ojos color de la guía Pantone 2018:
«azul luna».
—Bueno, «señorita», firme aquí
y ya me voy por donde he venido.

—¿Ya? ¡Qué rápido!

¿Y no tienes nombre ni apellidos?

—El apellido no me hace justicia

y me llamo Ciro.

—¿Y qué hará «el justiciero Ciro»

después de haberse ido?

— Dirigirme a mi refugio, era mi último pedido.

—Pues entra en casa y acompáñame,

por si acecha el peligro.

—Peligro sería entrar

en casa de desconocidas.

—Pues ven a conocerme bien

y luego opinas,

digamos que es parte de tu propina.

Valore su experiencia.

Servicio del repartidor:

pulgar hacia arriba.

3

Malamadre

Y volverás la cabeza
y me dirás con tristeza
«Adiós» desde la esquina
y luego te irás corriendo,
la noche te irá envolviendo
en su oscura neblina.

Tu madre abrirá la puerta,
sonreirá y os besaréis.
La niña duerme en casa...
y en un reloj darán las diez.

SERRAT, «Poco antes de que den las diez»

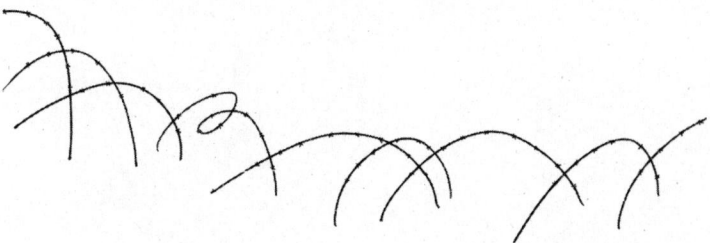

Muchas cosas me fascinan. Detalles que se le escapan a la gran mayoría como una alianza por el desagüe, lo cual me parece una bendita analogía. Muchas, como las parejas que se besan con los ojos abiertos y la mirada clavada en la gente que pasa a su alrededor como *voyeurs* a la inversa. El magnetismo que ejercen los escaparates sobre los niños ávidos de dejar su huella sobre la luna virgen sin temor a represalias haciendo gala de una inocencia irreductible. Los andares erráticos de las personas que se sienten observadas e intentan caminar «normal», tener un caminar estándar. A cada uno nos mueve un motivo o una zanahoria, a cada uno nos persigue un fantasma customizado o un cobrador del frac, pero la sociedad nos exige que andemos del mismo modo sin pararnos a pensar en que el único movimiento que clavamos como un equipo de natación sincronizada es el tropiezo. Muchas cosas me fascinan, pero la que más me cautiva los sentidos es la fragancia que rezuma una floristería antes de abrir sus puertas a la clientela.

Me encanta ese olor. Esa sinfonía de aromas y tonos. Hierbas, flores y tierra húmeda que se funden con todos los colores. Todo esto bajo el cobijo del frío *indoor*. Ellas, mis pensamientos y yo sin que nadie lo joda con su verborrea, hojas de reclamaciones o demandas de atención. Ellas… Durante la media hora previa a que dé las luces les hablo como si fuese un protocolo no estipulado que desempeñamos a la perfección.

De pequeña, mi abuela me incitaba a hablar con las plantas. «Las plantas crecen más si se les habla con modales, niña», proclamaba. «Las plantas saben escuchar mejor que muchas personas», mantenía. «Las plantas tienen memoria y es algo que se transmite de generación en generación», sentenciaba con una autoridad que solo da la senectud. Aquella noche no dormí pensando en qué lengua le narra una planta a su hija el ambiente en el que creció para ayudarla en su desarrollo y cómo le quita el miedo de que no hay tijeras escondidas en el armario para que concilie el sueño. Para cuando me di cuenta de que lo único que ocurre es que al hablarles emitimos dióxido de carbono que les ayuda en la fotosíntesis y de que ellas a cambio, en este laborioso proceso, generan el oxígeno que tanto necesitamos, ya tenía el hábito demasiado arraigado como para perderlo porque se rompiese la magia... Mi abuela y la magia van de la mano.

Me emboba hablar con ellas. Ellas ni te adulan ni te meten ficha ni te intentan colar billetes falsos ni te exigen el cierre trimestral del IVA. Ellas no pagan contigo sus fracasos ni te hacen *ghosting* y tienes que verlas constantemente en línea ni se acuerdan solo de ti cuando van borrachas y sienten pulsión en la entrepierna. Ellas, fieles escuderas, joyas naturales. Los únicos capullos que me alegran la vista. Espectadoras silenciosas de mis rituales de limpieza.

Soy lo que se autodenomina una maniática de la limpieza y el orden. De la simetría. No hay forma digna de esconder mi TOC ni lo intento. Tengo un trastorno obsesivo compulsivo con todas sus variables cognitivas: rigidez de ideas, responsabilidad excesiva, intolerancia a la maldita incertidumbre, falta de sobreestima y, aderezando todo este cuadro sintomatológico, mi perfeccionismo desmedido.

Vamos..., un partidazo... O un cuadro.

Necesito que todo esté como lo tengo en mi mente; ordenar es para mí como respirar porque solo de pensar en el desorden me falta el aire. Coloco a todas mis niñas como la matrona que breza. Manías, manías las que yo tengo, manías muy mías. Ya, desde muy joven, regañaba a mi madre por poner margaritas al lado de las zinnias. «Mamá, ¡que rompes la armonía y la gama cromática!», C-O-L-O-R-I-M-E-T-R-Í-A. Ella me devolvía la bronca cada vez que entrábamos en otras floristerías y yo le preguntaba (con la intencionalidad y los decibelios del que quiere ser escuchado por toda la tienda) si el vendedor no era un estafador por poner carteles de buqué a sus tristes ramos de flores. Borde se nace; para desgracia de la vergüenza que generaba a mi madre.

Suena el teléfono. Otro de mis TOC es no cogerlo hasta el tercer ring. Si yo llamo a un establecimiento y me contestan al segundo, tengo la sensación de que el negocio no va bien. O de que el trabajador es un vago que no mantiene adecuadamente la tienda y está de cháchara. A mí nunca en la vida me ocurrirá eso. Aunque la tienda esté vacía y yo no esté haciendo gran cosa hasta el tercer tono no descolgaré el teléfono. Aunque esté limpiándolo con un paño sin pelusas humedecido con un poco de agua y jabón y este suene en ese mismo instante, hasta el tercer tono no lo descolgaré. Aunque estuviera teniendo una conversación por teléfono, se cortase y volviese a sonar y supiera quién está al otro lado, hasta el tercer ring no descolgaré. Incluso si quisiera coger el teléfono para hablar con mi madre y, justo cuando voy a sujetarlo para marcar, una milésima antes, llamara alguien, hasta el tercer tono juro que no descolgaría.

Ring, ring, ring. Descuelgo. Es mi madre.

—Sáhara, ¿has preparado ya los carteles y el puesto de hierbas para la Noche de San Juan? —pregunta controladora—. Hija, que si no estoy yo encima te pilla el toro…

—Mamá, estamos a 13 de mayo. Todavía queda más de un mes para San Juan —respondo apostando por un tono conciliador que no apague el incendio de su ansia con gasolina—. Pero no te preocupes que lo tenía en mente y el 1 de junio, con el cambio de escaparate, lo tendré listo.

Mi madre es la puta flautista de Hamelín de la calle del Espíritu Santo, donde en vez de flauta tiene eslóganes simplones y en vez de atraer a las ratas la siguen una turba de ancianas ávidas de remedios para las dolencias que aquejan: «Para evitar o curar el mal de ojo, semillas de hinojo», «Para matar a los bichos del pecho, un ramo de helecho», «¿Que quiere ser rico y alejar la pena? La hierbaluisa; la mejor verbena». «Para barrer y hacer borrón, pruebe con pierno o escobón». En lo suyo, mi madre es la *fucking* Elon Musk de la tercera edad... Pero parece que ella y solo ella puede hacer las cosas «como se tienen que hacer».

—¿Y tienes diseñados los *boutonnières* para la boda de los Navarro?

—Llamaron el viernes y me comentaron que esta tarde se pasarían por la tienda para elegir las flores. —Esta respuesta sí que me salió aderezada con un poquito de hostilidad. Rebajo el tono para no despertar a la bestia—. En cuanto se vayan te llamo rauda y veloz para que te quedes más tranquila, mamá.

—Tú, por si acaso, en cuanto te cuelgue llámalos para que no se les olvide.

—Mamá, ahora no voy a llamar. Ya me han dicho que vendrán esta tarde y tampoco se trata de estresarlos, que bastante tendrán con los preparativos de la boda.

—Sáhara, no te cuesta nada hacerlo y estar un poquito encima, que la gente pide y pide, pero luego, a la hora de pagar... —responde regocijándose en su pasivo-agresividad—. Y sé simpática, hija, que no sería la primera vez que por tu trato se van con la competencia... Mira, olvídalo; intento dejar a tu abuela con alguien y esta tarde quedo yo con ellos.

Despertó la bestia.

—No, mamá. Ahora les llamo. Yo ahora les recuerdo la cita y no te preocupes, porque voy a ser tan simpática y tan encantadora que la boda se anulará porque el novio se habrá enamorado de mí y aceptarán la dura realidad de que no se pueden prometer amor eterno cuando en su corazón y mente solo transita aquella florista de veintitrés años que les conquistó con su candor al hablarles sobre cuál era su flor favorita y cuál la más odiada.

Escucho a mi madre respirar encendida antes de soltarme la traca final:

—Tú avísame cuando se vayan y ¡abre la tienda ya de una vez que han pasado tres minutos de las diez y te entretienes con nada!

Cuelgo. Lo hago con una delicadeza inversamente proporcional a la inflada de ovarios que llevo. Miro al vacío con nostalgia y luego hacia los teléfonos fijos de discos blancos en busca de un cable con el que ahorcarme mientras intento marcar el número contra el suicidio. Le hago caso a su mandato y me dispongo a subir el cierre de la tienda porque contestar y entrar en su juego sería darle combustible y alimentar su búsqueda de poder mediante el control. Doy las luces y saco fuera las plantas que necesitan recibir luz directa. Entre ellas las margaritas (para crear el escenario perfecto que atraiga a las influencers de Malasaña para su selfi diario), calas, begoñas y malamadre. A la malamadre la llaman «la planta milagrosa» por sus diversos usos como remedio natural. Uno de los más conocidos es su efectividad para eliminar los quistes. Se lavan las hojas de la planta, se quita el exceso de agua con un paño suave y se muelen las hojas en una licuadora. Se vierte la mezcla en un frasco de vidrio, se cierra la tapa, se envuelve con papel de aluminio o papel oscuro para protegerlo de la luz y se deja reposar en el refrigerador durante siete días. Adiós quiste.

Mi madre ni con malamadre se quita.

4

Se alquila

To rise over love
And over hate
Through this iron sky
That's fast becoming our minds
Over fear and into freedom

PAOLO NUTINI, «Iron Sky»

LAVAPIÉS MADRID – CALLE DE LA PRIMAVERA

400 €

1 dorm. / 1 baño / 40 m²
Se Alquila Habitación para persona Sola en barrio Lavapiés,
Madrid. Línea 3.

Gastos incluidos.
A partir del 3 mayo 2019.

Publicado: el 03/01 a las 22.31
Última actualización: el 29/04 a las 7.58

Posiblemente fuera la descripción del anuncio lo que me empujó a hacerme con esa habitación. Ni su precio inflado para la mierda que era en uno de los afluentes de Lavapiés ni los dos meses de fianza ni su ausencia de ventanas ni las continuas actualizaciones del anuncio haciendo entrever que ese inmueble tenía algo que ahuyentaba hasta las humedades, tampoco las cuatro fotos desenfocadas que se adjuntaban para mostrarlo. En la primera, parecía asomar una televisión culona de tubo con adaptador para la TDT encima de una cómoda a los pies de una cama pequeña, soportada por unas patas metálicas que sobresalían y un juego de sábanas heredado de una nuda propiedad tardía. En la segunda, la propietaria se había subido a la cama para realizar la foto a la contra e intentar que el zulo pareciera más espacioso. Ni de coña. Desde ese ángulo de visión se contemplaba un armario estampado con rastros de pegatinas de niño mal quitadas y la puerta de una habitación que, haciéndome una idea de la correlación de las dimensiones, solo podría abrir lo justo para entrar de lado y sin engordar. En la tercera instantánea, otra vez desde el marco de la puerta, aparecía de nuevo la cama, ahora uniformada con la típica manta extra que se encuentra en los armarios de los hoteles (no descarté que fuera sustraída), y la televisión culona y la cómoda habían desaparecido para dar paso a un escritorio y una mesita de noche que tenían toda la pinta de haber sido recogidos en la calle. Para finalizar ese carrusel infernal, una última fotografía de un espejo hecha a modo de selfi indirecto con flash de la mujer que lo cegaba todo a su paso y cuyo resultado poco envidiaba a los tiempos de Fotolog.

Nada de eso me atrajo. Supongo que fue la descripción del anuncio lo que me hizo empatizar con esa habitación y verme reflejado en ella:

Habitación para persona sola.

La soledad es una victoria pírrica. Un 3-0 por incomparecencia.

Nerea

25 de mayo de 2018

Ciro! 20.54
Una pregunta! Perdona que te moleste 20.54

No molestas 20.55

Cómo se llama el restaurante con jardín 20.55
Al que fuimos en Madrid 20.55
Muy bonito 20.55
Recuerdas? 20.55

Estás aquí?? 20.56

Sí 20.56

Raimunda se llamaba 20.56

Un par de días 20.56
Gracias! :) 20.56

De nada <3 20.56
Creo que es ese 20.57
Si quieres quedar a tomar un café, arreglar el
mundo o terminar de destrozarlo me avisas 20.57

He venido dos días muy rápidos por
trabajo, no creo que tenga tiempo
y además… No he venido **sola.** 20.59

Cuando llamé al número de teléfono del anuncio estaba preparado para escuchar la voz segura y maquiavélica de los de la inmo-

biliaria. «¡Dios, cómo odio el telemarketing!». Esos pseudogeneradores de confianza vacía. Esos silencios calculados y palabras intencionadas. Esos patrones trileros. En vez de eso, al otro lado de la llamada encontré el timbre de una mujer de mediana edad extranjera que se defendía con el idioma lo justo como para justificar las faltas de ortografía del anuncio, pero lo suficiente como para poder entendernos. «Serían cuatrocientos euros más dos meses de fianza», aclaró directa para no perder ni hacer perder el tiempo. «Sin problema, el precio está bien», mentí; era caro de cojones. Una estafa con referencia catastral que, a regañadientes, me podía permitir con solvencia. «Eso sí, ¿podría entrar el 1 de mayo para dejar mis cosas?». Pregunté por inercia. Qué cosas pensaba llevar si me iría de mi casa con una mano por delante y otra por detrás. Mis cosas: un petate con cinco libros, un neceser con un cepillo de dientes, condones, hilo dental y ropa hasta llenar la maleta. Mis cosas. «Sí, claro. No creo que haya problema. Se lo comentaré al otro chico con el que vas a vivir, pero seguro que le parece bien», soltó. Al escuchar ese comentario tuve la misma sensación que cuando se chupa una pila de niño por hacer la broma. No tenía ni puta gracia. «¿Al otro chico con el que voy a vivir? ¿No era una habitación para una persona **sola**?».

La soledad es una gota espaldera que se desprende de un saliente para caer milagrosamente entre el abrigo y la piel.

Lara

31 de diciembre de 2018

Feliz cumpleaños Cirito!!!
Ya van 2 años y espero poder seguir
felicitándonos hasta que cumplamos 92
(por lo menos). Aunque haya decidido

guardarme las palabras y lo que siento
por un tiempo a buen recaudo dentro de
mí, el defecto de fábrica está ahí ja, ja, ja,
así que solo te diré que, a pesar de que
me haya tocado tu versión más oscura
y egoísta, tengo la certeza de que eres
una persona increíble con un corazón
enorme, eso es lo que vi o, mejor dicho,
sentí cuando te conocí y eso es en lo que
creo firmemente. Si la vida decidió que
coincidiéramos y nos conociéramos, no
quiero acabar siendo dos desconocidos.
Mi regalo de cumple no es más que mi
corazón desnudo y sin rencor. Te deseo
toda la felicidad del mundo. Un abrazo
infinito y celébralo; que no todos los días
se cumplen 25 palos… <3 0.01

Lara, gracias por saber ver lo que soy 0.23
Perdón por no saber sacarlo, pero gracias por ver esa versión
de mí. A veces, hasta yo mismo dudo de que la tenga 0.23
Y no te preocupes que lo celebraré como siempre: **solo** 0.24

Concerté la cita para ver el piso. Los perros se parecen a sus
amos. Las calles no se parecen a sus nombres. La calle de la Primavera era un desfiladero desconchado lleno de tendederos
sepultados por ropa de chándal. Una primavera de andamios de
obra, verjas en las ventanas y olor a orín. Paradójicamente,
custodiada por la calle de la Fe y la calle de la Esperanza. Me
haría falta. No tuve que esperar mucho a que llegara.

Era una mujer menuda. Muy entrada en años. Tenía una
voz más joven que su edad. Más ronca que su complexión. Ex-

ceso de laca y ropa de marca. No controlo de marcas, pero tenía pinta de que el dinero no era un quebradero de cabeza para ella. Seguro que era rentista y había hecho una fortuna aprovechándose de gente como yo. «¿Te he hecho esperar mucho?», preguntó con más disculpa que pregunta. «No se preocupe, soy de los que prefieren que le hagan esperar a hacer que le esperen», contesté con una cortesía afilada. «Ay, ¡perdona! Es que con esto de enseñar los pisos voy que no llego nunca», añadió mientras sacaba un gran juego de llaves e intentaba identificar cuál era la de ese lugar. Consiguió acertar con la cerradura y abrió el portal. «El edificio no dispone de ascensor, pero el sitio te va a encantar», comentó como si quisiera contagiarme de su entusiasmo. «Es una casa muy coqueta. Ya verás, y ¡por tu compañero de piso no te preocupes! Casi nunca está y me ha dicho el anterior inquilino que, cuando está, nunca nunca sale de su cueva, así que podrás disfrutarla **solo**. Vas a estar como en «casa».

La soledad es una copia de llaves mal hecha.

Mamá

13 de mayo de 2019

Buenos días, este finde estarás alguna
mañana en casa 9.07
Es para llevarte los libros 9.07

El domingo estaré seguro,
así que, claro, sin problema 12.58

Vale, bss 12.58

Ayer

Deberías escribir un «felicidades» a tu padre
k no te compromete a nada, son 60 años
ya y no kiero k llegue el día k pase algo y
te kedes con remordimientos. Piénsalo 20.00

Lo siento, mamá, no voy a felicitarle
porque no voy a hacerlo por educación si no lo siento 23.57
Lamento que no poner eso te duela
pero no voy a hacer algo que no siento 23.58

O sea, no quieres a tu padre. Eso me quieres
decir? 23.59

Mamá, esta conversación no suma
ni lleva a ningún lado 23.59

Ya me has respondido 23.59

Hoy

Buenas noches. Bss 00.01

El arrendatario se hará cargo de los desperfectos oca-
sionados debidos al mal uso del usufructo, ya que este tiene
la obligación de conservar la vivienda en las mismas condiciones que se entregaron.
«Se Alquila Habitación para persona Sola en Barrio Lava-
pies».
Gastos incluidos.

Y así, con una copia de llaves mal hecha que había que encontrar su maña para abrir, un compañero de piso ausente, un cuarto sin ventana y una maleta a rebosar de lo justo, alquilé esta habitación haciendo caso a la obligación de hacerme cargo de mi desperfecto y mantener mi condición de persona sola.

La soledad es una persona deshabitada. Desgaste incluido.

5

Coral y el atrapadedos chino

Paraíso no es aquí
Aquí es nunca, aquí es quizás
Aquí es mañana, aquí es quizás
Aquí es nunca, aquí es jamás.

Marlango junto a Enrique Bunbury, «Dinero»

—De monedas de un euro: cinco…, diez…, quince…, veinte…, veintidós. Veintidós euros. Se me está haciendo bola ya la semana y todavía estamos a jueves —digo airada mientras noto la rozadura del delantal abrasando el final de mi clavícula—. Cuando hace frío y ves sufrir a la gente pasando por la calle todo es más llevadero: sus capas de abrigo, sus miradas homicidas hacia sus perros por arrancarles de su casa con calefacción, su café salpicando con ademán de abrasar bigotes, su embotellamiento de paraguas… Pero, con este tiempo me come la tienda. ¡ME COME LA TIENDAAAA!

—Tía, tampoco te pierdes nada, de verdad. Que estos días no se puede ni estar por la calle. Encima, mañana ya cambia el tiempo. Por lo menos, tendremos algo de tregua antes del verano. Si quieres, en lo que tardas en hacer la caja voy a por un Maxibon, o ya te esperas y nos tomamos una cerveza por la plaza de San Ildefonso. —Intenta consolarme sin mucho éxito mi amiga Coral.

—De monedas de dos euros: cinco…, diez…, quince…, dieciséis. Treinta y dos euros.

Coral es mi mejor amiga. No por ser la única que ha aguantado estoicamente la realidad de tener una amiga absorbida por su madre y su tienda, que solo libra los domingos por la tarde y que, cuando sale (si sale), suelta serpientes sin bozal por la boca. Coral sería la mejor amiga de cualquier amiga del mundo por meritocracia. Coral es ese pequeño reducto de doñas perfectas que encima caen bien. Coral sabe cómo y en qué orden se usan los cubiertos, pero luego puede bajarse una cerveza de un trago. Coral siempre encuentra el regalo idóneo y, aunque no te caiga nada en tu cumpleaños, sabes que en los trescientos sesenta y cuatro días restantes (si no es año bisiesto) te llegará el mejor regalo posible. Coral corre la San Silvestre y le pesa la vida. Coral pela las uvas y se come las uñas. Coral es guapa por accidente y enamora en las distancias cortas. Coral no hace que te oye mientras busca cómo interrumpirte para contarte lo realmente importante: sus problemas. Coral escucha y siempre tiene el consejo perfecto que se aplica a ella misma primero. Coral baila por la calle con cascos como si nadie la viese y canta canciones que todavía no se ha aprendido. Coral en los exámenes no salía diciendo un «de verdad, seguro que esta vez cateo» para llamar la atención y luego sacar la mejor nota de la clase. Coral entraba en el aula sabiendo que sacaría una notaza y terminaba la primera para decirnos las respuestas al resto. Así conocí a Coral en el instituto.

En clase teníamos nuestro propio sistema para copiar exámenes tipo test. En cada esquina que delimitaba el terreno de juego (los pupitres), un sabelotodo lideraba la resistencia. Si alguno del resto de mortales no sabía una respuesta, tosía en busca de soporte. El sabelotodo giraba ofreciendo su servicio. Una vez establecido el contacto visual, el aquejado de ignorancia tocaba una de las esquinas de la mesa para indicar el modelo de examen que tenía: modelo A (esquina superior izquierda), modelo B (esquina superior derecha), modelo C (esquina inferior izquierda) y modelo D (esquina inferior derecha). Si se coincidía con el modelo de examen, el siguiente paso era dar toquecitos en la mesa; uno por cada número de pregunta. El sabelotodo leía la pregunta del examen, tocaba una de las esquinas de la mesa y mostraba la respuesta correcta. En ese examen de Historia saqué un 8,1.

Gracias a ella.

Coral me ayudó. Coral siempre me ayuda, incluso para sacar mi vida a respirar lejos de la floristería, para ser mi ventana hacia el mundo lejos de las rejas de ballesta. En *Juego de tronos*, Varys tenía a sus «pajaritos». Yo tengo a mi Coral.

—De billetes de cinco euros: un, dos, tres, cuatro, cinco, un, dos tres, cuatro, diez, un, dos, tres, cuatro, quince, un, dos, tres, cuatro, veinte, un, veintidós. Ciento diez euros.

—¿Ya se lo has comentado a tu madre? —pregunta desconfiada mientras pone las manos en el mostrador a modo de interrogatorio—. Que no queda nada para San Juan y nos van a salir los billetes de tren por un pico. Además de los alojamientos. ¡Los alojamientos! Mira que al final nos veo saltando hogueras en El Retiro.

—Tía, aún queda más de un mes. Tú déjame, que estoy… buscando el momento.

Me zafo como puedo y lanzo una mirada de desaprobación hacia sus manos sobre el cristal. Mañana me tocará limpiar ese océano de marcas de yemas de dedos. Coral no se distrae en su interrogatorio.

—¿Buscando el momento?

—Sí, buscando el momento. Nos iremos de vacaciones seguro. Tú déjame a mí, que yo lo gestiono, pero ahora mi madre está muy desquiciada con mi abuela y su cadera rota en casa y, si se lo digo hoy, seguro que se cierra en banda.

Mi madre tiene complejo de atrapadedos chino. Cuanto más tiras de ella, más imposible es salir.

—Pues… si te parece bien, esperando y esperando el momento, ya nos vamos a Valencia en diciembre. Hacemos una hoguerita en la playa, rezamos para que no llueva y pedimos como deseo que tu madre te deje salir de esta tienda por una vez en tu vida. O una máquina del tiempo para volver al 23 de junio de este año y disfrutar sin sentimiento de culpa. Ah, y ya que estamos, un alojamiento en primera línea de playa porque nos veo en un hostal de mala muerte.

Sostiene mientras maquilla con una leve sonrisa forzada su miedo a frustrarme más aún. Ella, en lo que respecta a mi madre, nunca se enfada porque sabe que mi madre es mi talón de Aquiles. Mi Drogon.

—Se lo digo este viernes —respondo mientras me oprime el diafragma el mero hecho de visualizar el momento de soltar a mi madre la bomba. Sé calcular con una exactitud pasmosa la trayectoria de las reacciones de mi señora madre. Su timbre de voz para compensar con irascibilidad su ausencia de argumentos. Sus aspavientos para mostrar su incapacidad de sobrellevar la situación. Su eterna búsqueda de mi mal gesto o mala contestación para justificar su actitud prohibitiva. Si es que lo veo venir. La veo venir—. Si me ocurre algo con mamá Drogon, venga mi muerte y lleva mis cenizas a la hoguera. Que formen parte de la hoguera. No mires atrás. Vive, tú que puedes.

—Oye, ¿en *Juego de tronos* Varys no muere abrasado por Drogon?

De la risa me ha salido un moco que ha caído sobre el mostrador. La carcajada seguro que se ha escuchado por toda la calle. Me paso el índice por el párpado izquierdo para secar la lágrima.

—Serás hija puta... Billetes de diez euros: un, dos, ... cinco, un, dos, ... diez, ... veinte, ... treinta, ... treinta y seis. Trescientos sesenta euros.

Mi madre. Doña Jacinta. Corazón de acero y empastes de oro. Paciencia con mecha corta. Melena canosa larga de la que ya no se lleva. Fortaleza infinita. Aliento de clorofila y ropa con olor a tabaco. La que prevalece. La que, siempre que puede, critica a mis abuelos y les recrimina que fueron unos padres frustrados. Unas víctimas de la vida. Unas figuras paternas que no protegían, que no inspiraban, que casi envían a la tienda a la ruina. Unos manirrotos. Mi madre fue la flor en el hormigón que emergió y se hizo a sí misma. La que no se achica. La que ahora tiene esa tendencia a magnificarlo todo.

Mi madre es la intolerancia más condescendiente. No soporta la debilidad, la ineficacia, la lentitud, la torpeza. Odia a la gente vaga. Con ella nada está nunca lo suficientemente bien. Siempre te va a decir algo, siempre ella lo haría mejor, siempre da ideas para no respetar tu forma y tus tiempos de hacer las cosas. Siempre revisando lo que haces con un «Bueno, y por qué no…».

Siempre válida para invalidar.

En el fondo creo que no me quiere. Que nunca me quiso tener como hija. A ver… No digo que no me tenga estima ni que no se muriera si me llegase a ocurrir algo, durante toda mi infancia alérgica me cuidó como una jabata. Me refiero a esa sensación de ser la mancha en su expediente excelso. El pulgón de su hoja. Esa sensación de ausencia de orgullo, de ausencia de cariño. De que le jodiese algún tipo de plan maestro calculado al milímetro para dominar el mundo por la maldición de haber venido yo a él. Quiero pensar que me quiere a su forma. Que la educación rígida que me inculcó desde pequeña era su forma de darme cariño. Que mi infancia austera desprovista de grandes regalos era su manera de mostrarme lo que realmente vale el dinero. Que la dieta de abrazos a la que me sometió era su forma de enseñarme que el gesto que haces para abrazar es el mismo que utilizas para escudarte y que la vida no se para a escuchar excusas. Que el rechazo heredado hacia el ser humano era su forma de protegerme del daño que tuvo que sufrir ella en el amor… Mi madre me quiere, a su manera, pero me quiere, y todo lo que soy se lo debo a ella.

Y a Coral.

—Billetes de veinte euros: un, dos…, diez, once, doce, trece, … veinte, veintiuno, veintidós…

—Sáhara, yo sé, que es muy difícil para ti, sobre todo cuando llevas desde pequeña metida en esta tienda y significa todo para tu familia, pero creo que deberías plantearte mirar por ti y… no sé, tía, a tu madre le resultará duro y quizá no lo entienda, por lo de tu padre también…, pero es que tampoco puedes vivir así. No puedes vivir por y para tu madre.

—… veintitrés, veinti…, joder, ¡me he perdido! Coral, tú no lo entiendes.

—Yo solo digo que…

—¡Coral!

—Sabes que no lo digo por joderte, que no lo digo a malas, pero llevas muchos años aquí enraizada y, desde fuera, jode mucho ver cómo te marchitas.

—Muy graciosa. En vez de traerme un Maxibon, me traes una payasa.

Veo a mi amiga reírse e igualo la apuesta. Hay pocas cosas con las que la complicidad no pueda.

—Anda, voy a por el Maxibon y te dejo aquí contando tranquila. Que si no luego estás que muerdes y no quiero daños colaterales.

—Dijo doña Payasa Perfecta —asesto certera—. Venga, anda, espérame en la terraza que echo el cierre y voy. —La veo salir clavando las puntillas antes que lo talones—. Billetes de veinte euros: veintitrés, veinticuatro, veinticinco; quinientos euros. Billetes de cincuenta euros: uno, dos, tres, cuatro. Doscientos euros. Billetes de cien euros: uno. Cien euros. Saco el tíquet del TPV:

Total efectivo: mil trescientos dos euros.

Total TPV: mil cuatrocientos veinte euros.

Total arqueo: dos mil setecientos veintiséis euros.

Mierda.

Tengo una caja que me descuadra por cuatro euros que me sobran y a una amiga que le descuadra toda la vida que me falta.

6

La plaza del Grial: cláusula 42.10

Malasaña a las 20.30 de la tarde en mayo es un holocausto zombi. Esta hora es la niña cantando con el micrófono dentro de los muros de Israel en *Guerra mundial Z*. Malasaña a las 20.30 de la tarde en mayo es un tetris incómodo de piernas enfrentadas en la mesa de un AVE entre extraños que aceptan su lugar, rodeados de carteles de conciertos arrancados.

Con el cierre de la mayoría de establecimientos a esta hora y con el verano en ciernes prometiendo jarana, un foco activo de infección y falta de higiene se expande por el barrio. Ahí es donde dejo de ver personas para percibir masas. Masas de cuerpos. Masas que me encantaría apartar a empujones (sin tocarlos, claro está, porque en este barrio hasta un empujón es bienvenido). Masas que me gustaría hacer desaparecer y teletransportar a calles menos concurridas.

Durante los tres minutos que dura mi itinerario de la tienda en Espíritu Santo a la silla vacía que guarda a buen recaudo Coral en la plaza de San Ildefonso, lo que puedo llegar a sentir queda fielmente representado en el capítulo nueve de la sexta temporada de *Juego de tronos* cuando Jon Nieve, al borde de la asfixia bajo el fragor de la batalla de los bastardos, logra emerger.

Quedan dos minutos para llegar a Coral y mi silla de aluminio. Tiro por la Corredera Alta de San Pablo. Quiero encerrarme. Quiero una capa aislante. Quiero escapar. Gasto toda la energía que me queda y mi atención en visualizar de qué manera puedo llegar a mi destino. Alquilaría mi alma al diablo por encontrar la ruta por la que tenga que esquivar a la menor cantidad posible de cuerpos. El ruido acentúa mi agobio. Se cuelgan de mis oídos conversaciones y canciones que no quiero escuchar. Las luces acortan mi campo de visión. Se imprimen en mi retina caras que no quiero que me miren. Los olores destartalados me invitan a la náusea. Ahora se estará corriendo una maratón en alguna parte, ¿por qué toda esta gente anda aquí?

Queda un minuto para entrar en contacto visual con Coral y la puta silla. Me pongo gafas de sol para sentirme más protegida a una hora para que se haga de noche mientras todos los demás suben publicaciones a Instagram con el hashtag #GoldenHour. Me siento ridícula. Los siento ridículos. El más mínimo movimiento de cada transeúnte genera en mí una perturbación. Mi cara es un libro abierto, y mi opresión, mi *ex libris*.

Llego a la plaza y no veo a Coral.

No veo a Coral.

¡¿Dónde puñetas se ha metido mi amiga?! A lo mejor no había sitio a esta hora, se ha quedado sin batería y ha dado por hecho que yo sabría dónde es el nuevo lugar donde hemos quedado. A lo mejor la que se ha quedado sin batería he sido yo y lleva intentando contactar conmigo todo el rato. Cojo el móvil para ver si me ha llamado. No lo ha hecho. Cuando voy a marcar su número escucho entre el barullo una voz que grita mi nombre. Miro en dirección al bramido emitido. Es Coral.

A medida que me aproximo a ella, a mi silla adjudicada de aluminio vacía y a dos cervezas frías el zumbido empieza a bajar el volumen. Me siento como si acabara de hacer una mudanza. Soy mi casa a cuestas.

—No negarás que tengo una habilidad innata para conseguir sitio en las terrazas —presume orgullosa—. Como una reina, ¡si es que te trato como a una reina! Llegas y todo puesto, sin que te haya costado nada. Te quejarás…

Ya no soy mi casa a cuestas, ahora soy una olla a presión que libera vapor abrasando la mano que me agarre.

—Nooo, naaadaaa. No me ha costado nada de nada. Luego, cuando llegue a casa, prendo fuego a la ropa y me ducho frotándome fuerte con una piedra pómez, mañana me hago una analítica para saber que no he cogido la lepra o una venérea y se me pasa. Tran-qui-li-ta —digo mientras me pica todo e intento no rascarme para no darle el gusto de ver tal show.

—Te pica todo, ¿a que sí? —acierta descojonada. Mierda, me conoce demasiado.

—No te haces una idea… —Me rasco como si pagaran por ello —. Tía, te quiero pedir disculpas por cómo me he puesto antes. Desde que mi abuela se ha roto la cadera, mi madre está insoportable. Tiene que hacerse cargo de ella y la mala hostia resultante de esa relación tóxica al final del día la paga conmigo… y yo contigo. Perdona.

—¡Qué va! Soy yo la que se debería disculpar porque bastante tienes ya como para que te calienten la cabeza, pero es que me jode verte así y no poder hacer nada para ayudarte. Sah, tu vida no está en esa floristería. Eres una hija increíble y haces más de lo que cualquiera haría, ¡de lo que yo haría! Desde pequeña has ayudado a tu madre después de las clases como si fueses una niña en un bazar, solo te faltaba la tele puesta a todas horas y ver series subtituladas. Ahora estás doblando turnos… ¿y tienes miedo de pedirle a tu madre un mísero fin de semana? Joder, tía, que si no fuese por ti esa floristería tendría el cartel de SE VENDE desde hace un par de añitos.

—Tienes razón… Tú eras la que se tendría que haber disculpado, así que… —Pongo su mano en mi hombro izquierdo, la miro fijamente a los ojos y, con el tono más condescendiente que conozco, le digo—: Te perdono.

—Puta.

—De nada. Mira, el sábado sí o sí le comento a mi madre lo de la escapada de San Juan. Ya puede estar mi abuela peor o haciendo el pino puente. Como se lo diré con mucho margen, en el caso de que mi abuela todavía no esté recuperada, tendrá tiempo de buscar a alguien que le haga el relevo. Que son dos días y medio, que no le estoy pidiendo una locura —asevero con una confianza inusitada en mí.

—¿Quién eres tú y qué has hecho con mi amiga cagona? —cuestiona encendida mientras frota sus manos con los codos levantados—. Esto se merece un brindis: ¡Por san Juan! Que lo que ha unido san Ildefonso no lo separe santa Jacinta.

«Chinchin». Coral bebe. Yo antes de beber limpio la boca del botellín. Ahora sí, bebo. Mientras paladeo el primer sorbo, dos chicos se acercan a nosotras sin apartar sus ojos rapaces de Coral.

—Tú, tú eres Coral Vivero, ¿no? —pregunta con una mezcla de bobaliconería y timidez uno de ellos.

—Sí, soy yo —contesta amablemente la generadora de brindis.

—¿Podemos hacernos una foto contigo?

—Claro, hombre, encima hoy estamos de celebración. Mi amiga ha vuelto a la vida.

«Clic».

Solo hay una cosa que separa a Coral Vivero de pasarse la vida con un «perfect». Su trabajo. Tras ayudarme a copiar a mí en el instituto, y tras aprobar selectividad, Coral se graduó en Comunicación Audiovisual y lo completó con un máster en Periodismo en la Universidad Rey Juan Carlos. Desde que la conocí siempre tuvo clara su vocación. Todo parecía indicar que tarde o temprano iniciaría una fulgurante trayectoria periodística que nada ni nadie podría detener. Sus profesores lo decían. Sus compañeros de clase lo decían. Su jefe de prácticas lo decía. La crisis de 2008 no tanto.

Al terminar una carrera sin salidas, y tras ver que cuando no la contrataban por falta de trabajo no lo hacían porque estaba sobrecualificada, a Coral no le quedó más remedio que aferrarse a un clavo ardiendo. Y ese clavo no era otro que *Campeones de invierno*.

Campeones de invierno es el programa líder de la noche deportiva centrado mayoritariamente en el fútbol. *Campeones de invierno* es una tertulia ahogada en testosterona donde los colaboradores son más protagonistas que el propio partido que se ha jugado. Coral recaló ahí como redactora del programa. Con el paso del tiempo fue ascendiendo para convertirse en «la voz del forofo» y ser la encargada de trasladar, ahora frente a la cámara, las opiniones de la audiencia en directo. Ese clavo ardiendo la había catapultado a la fama accidental entre un target de hombres heterobásicos.

En media hora se tenía que ir a preparar el programa.

—Bueno, ¿y no me vas a contar nada? —pregunta mientras da un trago largo a su segunda cerveza.

—Nada de qué —respondo concentrándome en limpiar la boca de mi segundo botellín.

En realidad, sí sé lo que quiere sonsacarme, claro que sé la información que quiere extraer al tirar de mi lengua, pero no me apetece un mojón hablar sobre ello.

—Pues... cómo se llamaba... Pepe...

—... Paco...

—Eso, Paco, el farmacéutico.

—¿Qué le ocurre a Paco?

—Zorra, ¿no vas a darme detalles?

—¿De qué?

—¡De Paco!

—Pero ¡si es que no es nada serio!

—Llevas cinco semanas quedando...

—Sí, pero ya sabes tú el tiempo que puedo tener libre a lo largo de la semana, y la mayor parte de los días no tengo ganas de nada que no sea enterrarme bajo una manta en el sofá y ver series. Nos habremos visto como tres o cuatro veces.

—Cinco semanas.

—¿Me estás escuchando?

—¿Y nada…?

—¡Nada!

—¿… serio?

—¡No!

—Llevas cinco semanas acostándote única y exclusivamente con un hombre, ¡con un solo hombre! ¿Y piensas que me voy a creer que no significa nada para ti? Ni un… «a ver cómo fluye la cosa», ni un… «nos estamos conociendo», ¿nada?

—Es que tú confundes algo «continuado» con «algo serio» —contraataco airada—. No es que tenga sentimientos hacia él, no es que le esté «guardando la cara». ¡Estoy putamente harta de los hombres! No sé qué función cumplen en la sociedad. No sé por qué no se extinguen, pero lo que sí tengo claro es que no me vuelvo a pillar de uno ni loca. Esto con Paco es un pasatiempo. Esto… es… «diferente».

—Diferente…

—Diferente.

—Nada serio…

—NADA SERIO.

—Cinco semanas…

—¡CINCO!

—Pues ya sabes…

—¡¿Puedes dejar de hundir el nivel de la conversación?! —respondo tan encendida y sonrojada que me mimetizo con la etiqueta de Mahou.

—Muy bien lo tiene que hacer para que aguantes cinco semanas sin cansarte de él.

—Coral, es el de la farmacia de enfrente. Fíjate la poca vida que debo de tener para tirarme a los brazos de la opción más «práctica».

—¿Y con la opción más «práctica» practicas mucho el…?

—¡Coral!

—Vaaaleee… Te voy a preguntar una cosa. Si no quieres contestar, no lo hagas, pero no te enfades, ¿de acuerdo?

—Verás… Dale, que no me enfaaado.

Seguro que me voy a enfadar.

—¿A Paco le ocurre algo?

—¿Algo?

—Sí, algo. Que si le falta un hervor, que si tiene algún tipo de tara…

—Pero ¡¿qué dices?!

—Que sí tía. Cada vez que habla conmigo es como un expendedor de caramelos Pez con información *random* innecesaria.

—Pero ¡si es más cortado que todas las cosas! —digo mientras brota el enfado.

—Es imposible que no te hayas fijado. Como cuando me dijo que los árboles en la selva están conectados por sus raíces y que, cuando un elefante empieza a comerse las hojas de un árbol, este manda una señal al resto de árboles cercanos para segregar una sustancia que modifique el sabor de las hojas haciéndolas tóxicas y desagradables.

—Eeeh… —Mierda.

—O como cuando fui a comprarte suero a la farmacia y me comentó que la reina Isabel II visitó el set de rodaje de *Juego de tronos* y rechazó sentarse en el Trono de Hierro porque el protocolo dicta que como reina tiene prohibido sentarse en un trono extranjero.

—¡Eso no me lo contó ni a mí! —Doble mierda. Lo que sí que me comentó hace una semana es que cuando le atrae mucho alguien sufre verborrea.

—O como cuando vino a traerte flores a la tienda que, por cierto…, ¡ya hay que ser cutre para regalar flores a una florista! Y, al verme, empezó a soltar que Amazon cuenta con una cláusula por si ocurre un apocalipsis zombi llamada: «cláusula cuarenta y pico». La verdad es que el chico siempre es majo conmigo, que me regaló una flor del ramo y todo, pero es un poco raro.

Triple mierda. Eliminado.

—42.10… «Cláusula 42.10». ¡Sus muertos! ¡Me cago en sus muertos! ¡A Paco la que le mola eres tú! ¡Joder con Paquito! ¡Hemos terminado! ¡Vamos que si hemos terminado! Mañana, en cuanto lo vea…

—Pero ¿no decías que no era nada serio? —dice mofándose.

—Sí, encima tú ríete… «azafata del forofo». Disfrutarás con esto.

—Como una perra. —Levanta el codo festiva—. Otro brindis: ¡Que lo que ha unido san Ildefonso no lo separe santa Jacinta!

—Ni el Colegio Oficial de Farmacéuticos.

«Chinchín».

7

Nunca se cumplen deseos cuando llueve

El barrio, su gente, las miserias cotidianas,
a veces lo amas y otras lo detestas,
repican las campanas,
vamos a pegarle fuego a la casa de apuestas.

Los Chikos del Maíz, «Barrionalistas»

Amo la bicicleta casi tanto como la odio cuando llueve.

(Salgo de mi casa y giro a la derecha por la calle de la Fe).

La primera vez que me caí de una bicicleta (no hablo de culadas inofensivas, sino de la típica fractura que se resiente cuando se avecina tormenta) llovía también.

Era una excursión del colegio a dos ruedas por la Dehesa de la Villa. Un día soleado que se torció poco a poco. En la hoja de la excursión ya se avisaba a nuestros padres de que había probabilidad de lluvia.

Iba en la cabeza del pelotón sin esfuerzo. Incluso por aquellas edades sabía diferenciar a quién le gustaba la bicicleta de aquel que tendría agujetas en las posaderas al día siguiente. Y yo, desde que aprendí a montar en bicicleta, no me quise bajar de ella.

A mi lado, Ainhoa con su chubasquero amarillo. Ainhoa. Gracias a Ainhoa aprendí a utilizar la hache intercalada por primera vez. Más tarde aprendería otras haches intercaladas, como «dehesa», «prohibido», «exhibición», «anhelo», «alcohol», «marihuana», «rehén»... La primera vez que descubrí la palabra «enhorabuena» fue en un libro.

(Atravieso la plaza de Lavapiés esquivando su marabunta).

Estábamos a pocos minutos de llegar a la meta dibujada por la presencia del resto de profesores cuando a Ainhoa se le salió la cadena del radio. Al ver la avería derrapé con más artificio del que quería por culpa de los charcos. Volví hasta ella y, entre los dos, nos pusimos a intentar colocar la cadena mientras que el resto del alumnado de 6.º de primaria nos sobrepasaba burlándose.

(Consigo abandonar la plaza de Lavapiés para entrar en la calle del Sombrerete).

«¡Gracias, Ciro!». Ese «gracias» amplio que obtuve de la boca sonriente de Ainhoa por conseguir colocar la cadena de su bicicleta bajo el diluvio fue uno de esos recuerdos que ha sobrevivido a la erosión del tiempo. Imborrable, como también lo es el «Chico, ¡corre un poco que vas a ser el farolillo rojo!» que me soltó un anciano que paseaba por allí al ver que, por arreglar la bicicleta de una compañera de clase, todo el mundo me había adelantado.

El arreglador relegado. Mi vida resumida por ese viejo.

(De la calle del Sombrerete giro a la derecha para subir por la calle del Amparo).

El deseo de no quedar el último en esa carrera no puntuable hizo que acelerase más de lo que podía controlar. El suelo mojado hizo el resto.

Iba a conseguir adelantar al penúltimo cuando el neumático delantero dejó de adherirse (con hache intercalada también). Desequilibrio. Impacto. Fractura con desplazamiento.

Paradójicamente fue del radio.

(Paso por la plaza Nelson Mandela para girar a la calle Cabestreros. Aún se mantiene la lámina de AQUÍ MURIÓ MBAYÉ).

Nunca se cumplen deseos cuando llueve. A no ser que desees que siga jarreando; si es así: ¡Felicidades!

Cuando llueve, una pestaña mojada no se despega del dedo por mucho que soples. Las gotas de lluvia destrozan los dientes de león sin remordimientos. Madrid cuando llueve es desidiosa. Es un claxon con ruedas. Una discusión airada entre un taxista y un VTC. «Pesetos» contra «cucarachas». Gasolina abandonada en una perrera.

Bajo la lluvia, las discusiones se descargan con épica incluida y todos somos más indeseables. El sexo bajo la ducha está completamente sobrevalorado. La nostalgia se revaloriza. Cuando en marzo mayea, en mayo marcea, y mi deseo es calima perenne.

Fue una noche de marzo.

Llovía, como hoy.

Una lluvia agresiva impedía ver en la noche sin esfuerzo. Al otro lado de la llamada estaba mi madre intentando convencerme para que no me fuese de casa. «Ciro, ya sabes cómo es tu padre…», argumentaba. «Mamá, llevo veinticinco años siendo su hijo y aún no sé qué tipo de persona es mi padre», resollaba mientras usaba mi mano derecha como tejado para que no se mojara el móvil. Mi padre nunca fue cobijo. «Sabes cómo se pone cuando tiene un mal día. Es muy temperamental… Como tú…», puntualizó. Siempre lo justificaba. Siempre me comparaba. Tengo la idea recurrente de que mi padre me tuvo porque todo su narcisismo no cabía en su cuerpo y buscaba un avatar nuevo. «Sí, mamá. Fui diseñado a su imagen y semejanza. Igualito».

Ya, desde pequeño, antes de tener ningún tipo de rabia acumulada hacia él, me molestaba que me comparasen con mi padre.

«Su viva imagen, ¡si es que es como su padre!». «Se las va a llevar a todas de calle, qué peligro vas a tener tú, como tu padre...», incluso por aquel entonces las vecinas cuchicheaban algo que mi madre y yo todavía no sabíamos... O que mi madre ya sabía, pero prefirió ignorarlo. Como ahora... «Pero, hijo, ¿de qué vas a vivir? ¿Y dónde? Pero ¿¡tú sabes lo caro que está todo?!», dijo intentando amedrentarme. «Con el dinero que tengo ahorrado tengo como para un año sabático, mamá. A mí no me da vergüenza mantener un perfil bajo. Lo prefiero a ostentar y luego presumir de lo que no tengo. Quiero encontrar algo que me haga sentir útil sin pisar ni aprovecharme de los dem...», estaba recalcando con puntería certera cuando el teléfono se me resbaló de la mano y fue a caer al suelo. Telaraña de vidrio. Mientras me agachaba para recoger el destrozo clavándome el dedo corazón y el pulgar en las sienes a modo de antifaz indignado, no reparé en un ciclista que venía hacia mí sin tiempo de reacción para frenar...

La lluvia ciega. El odio ciega. La luz delantera de una bicicleta a toda velocidad haciendo *aquaplaning* ciega. El destino no lo ves venir.

Calado hasta los huesos y tras aparcar la bici y mis traumas infantiles llego a mi destino. A la bici le pongo el U Lock, y a los traumas, un lazo para ver si alguien me los roba.

(Calle de los Cabestreros, 12. Bajo C).

—¿Diga?
—Nicolás, abre. Soy Ciro.
—Sube.

—Cirito, pasa. ¿Se te rompió el despertador o qué ocurrió?
—Tú encima recréate, Nico, que no sabes cómo llueve... De un día para otro, joder, si ayer me quemé por pasar todo el

día al sol —le digo señalándome el cuello—. Y hoy parece el día de mañana.

—La verdad es que parece que un camello te ha chupado el pelo —apunta, sentado como un patriarca en un sofá empotrado del tamaño del ancho de su salón con la pierna en alto.

El piso donde viven Nicolás, sus dos niñas y su mujer es de dos habitaciones mal distribuidas en un entresuelo de cuarenta metros cuadrados. Un salón asfixiante con vistas a un patio interior para mostrarte que te falta una altura para estar a pie de calle. Vigilando, una tele del tamaño de una pantalla de portátil anclada a la pared como si fuese la de un hospital (juro que el primer día que entré en su casa busqué la ranura para monedas para sumar más minutos de tele). Un intento de cocina con techo inclinado y ventanas cuadradas de madera caoba como si fuera un camarote. Cuando creía que una casa con techos bajos no podía generar humedades, la de Nicolás me dio en toda la boca.

—Joder, si es que me he calado hasta los calcetines. ¡Puaj! —justifico con pudor por dejar mis huellas húmedas por el salón—. Y tú, ¿cómo te encuentras hoy? Ayer fuiste al médico, ¿no?

—Hoy me he levantado un poco más jorobado del hombro. Será la lluvia, pero de la rodilla mucho mejor. —Se acomoda en el sofá como puede—. Ayer, el doctor me dijo que la recuperación del húmero iba bien. Ya lo de los ligamentos... me recomendó descanso absoluto y nada de esfuerzo durante otras tres semanas más...

—¿Tres semanas todavía?

—Más luego la recuperación... Me dijo que tengo que ir poco a poco antes de someter la rodilla a un «esfuerzo continuado»...

—Pero ¡si te dijo que para mediados de mayo ibas a estar como una rosa! —respondo con trazas de decepción.

Lo que empezó como una buena acción desde el sentimiento de culpa se me está haciendo bola, pero es que este hombre y su familia no tienen otra fuente de ingresos.

—Cirito, sabes que puedes dejar de ayudarme cuando quieras. Bastante ya has hecho por mi familia y por mí sin tener por qué.

—Nico, ¡no me jodas! —le interrumpo mientras aprovecho la charla para poner los calcetines en el radiador. Viva la calefacción central de los barrios humildes.

—Llevo explicándote dos meses que no fue culpa tuya. Era de noche, llovía a mares, no se veía un carajo. La próxima vez, si se te va a caer el teléfono de las manos, *marico*, que no sea en un paso de cebra y, si te agachas a recogerlo, mejor ponte ropa reflectante y no una gabardina negra, pero no fue tu culpa. No fue tu culpa. No-fue-tu-culpa, ¿estamos? Ayúdame hoy y ya mañana me apañaré yo como pued…

—¡Y dale Perico al torno! Que te dije que te ayudaba hasta que te curases y es lo que voy a hacer. Tienes suerte de que casi atropellaras a un amante de la bici y no a un *gamer* sufriendo en sus carnes los estragos del sedentarismo. Me tenías estudiado, ¿a que sí? Eres como uno de esos borrachos rusos que se lanzan a los coches para cobrar paguita del seguro, pero al revés —comento socarrón—. Reconócelo. Reconócelo y trabajaré por ti dos semanas más cuando estés recuperado. Estas te las regalo.

—Tú ahonda en la herida, cabrito. Ahondaaa.

—Anda ya. Que tienes todo roto porque tu cara es demasiado dura para sufrir desperfectos —digo finalizando el asalto de puyitas para sobrellevar la tremenda mala hostia que me producen los días de lluvia—. Lo único que tienes que prometerme es que, cuando salga por esta puerta, no vas a hacer *petting* con tu mujer aprovechando que las niñas están en el cole. Que tienes que guardar «reposo absoluto».

—¿*Petting*?

—Nicolás, no me digas que no sabes lo que es el *petting*.

—No sé lo que es *petting*.

—¡¿Ves?! Por cosas como estas trabajar por ti no está pagado. —Me pongo los calcetines. Están menos húmedos—. Otro día te cuento lo que es el *petting*. Venga, entra en la aplicación y hazte la foto. Ah, esta noche posiblemente no pueda traer la compra porque... he quedado.

—Señorito, ¡¿has quedado con Iris?! —pregunta travieso mientras activa el reconocimiento facial—. Vas a hacer un *petting*, ¿eh?

Mientras él activa el reconocimiento facial sin conexión, le doy al botón varias veces de manera simultánea hasta entrar.

(Sesión iniciada. Usuario: Nicolás Sosa).

—Nico, ojalá te recuperaras igual de rápido que aprendes todo.

8

Felis margarita y el código morse

9.03 de la mañana. Salgo de la duermevela por miedo a quedarme dormido en casa ajena. Siempre me ocurre. Hemos dormido tan poco que no tengo ni legañas. Que no tengo ni fuerzas. Ni una erección matutina. Despierto de memoria.

Me incorporo mientras miro a mi derecha e Iris sigue dormida. El código morse que dibuja la luz entrando por los huecos de la persiana crea un mensaje en su espalda desnuda:

punto, raya,
raya, punto, punto,
punto, punto,
raya, raya, raya,
punto, punto, punto.[1]

Reparo en los hoyuelos de Venus que semiesconde la sábana y no sé despedirme de ellos. «¿La despierto antes de irme?». Una parte de mí nunca ha estado. La más importante. Mejor voy a la cocina y le dejo el café preparado. Atenuantes.

---

1 Bajo la aurora
   enciende la piel
   se extingue el abrazo.

Me levanto de la cama con el sigilo de un ninja al que le crujen los tobillos y se muerde el labio. Abandono la habitación con la misma sensación que tiene un fichaje carísimo que se va por la puerta de atrás, pero con dos condones anudados. Cierro la puerta con delicadeza. Siento la cobardía haciendo un butrón. Irrumpo desnudo en el pasillo en busca de toda la ropa que perdí en el frenesí de anoche. Encima de mis calzoncillos, un cerbero felino me juzga con la mirada: Sáhara.

Sáhara es la gata de Iris. Me contó que le puso ese nombre por lo que se parecía a los gatos del desierto cuando solo era un cachorro. Los gatos de las arenas o del desierto son (considerados por los expertos), los felinos más letales sobre la faz de la tierra, ¡sobre la puta faz de la tierra! También llamados *Felis margarita*... Vamos a ver. Tú tienes una gata, la quieres de compañía y ¿le pones de nombre algo relacionado con el puto felino más letal del mundo? Si le quieres poner un nombre por eso, llámala Félix, como el gato, o Margarita, ¡joder, que tampoco te tenías que comer mucho la cabeza! Pues no. Sáhara. Sáhara la árida, la arisca, la de los ojos afilados mientras follo con su ama, la del mordisco en el pie y uñas clavadas como despertador, la del bufido como alarma de sensor de cercanía. Sáhara: Satán con chip de identificación. Yo le caigo bien a los gatos, pero Satán me la tiene jurada.

Retrocedo para ir al baño y dejar los restos del crimen de ayer en la papelera. La no llamada Félix ni Margarita me sigue con su curiosidad instintiva y aprovecho para dejarla encerrada en el baño. Sáhara será Satán, pero en el infierno tiene que haber sitio para gente que encierra en el baño a las gatas de sus *follamigas* como yo.

—No te preocupes, antes de irme te abro la puerta. Palabra —musito con la esperanza de que mi tono apacigüe sus ganas de maullar. Ella parece que me responde con sus patitas y sus maullidos tras la puerta:

punto, punto, raya, punto,
punto, punto, raya,
punto,
punto, raya, punto,
punto, raya.[2]

Vuelvo al pasillo, ahora sin centinela. Me subo los calzoncillos desequilibrado, los pantalones con saltitos torpes y entro por la camiseta como Messi se peleaba con su peto. Menos mal que el de ayer era otro, más desalmado, más desastre natural. Me miro al espejo mientras bajo el remolino del pelo con saliva. No me reconozco.

Termino de calzarme a trompicones mientras preparo los dos cafés en la cocina, el agua de la cafetera coge temperatura. ¿Por qué todo el mundo tiene cafeteras de cápsulas y no una jodida cafetera de las de toda la vida? ¿No reciclan en su casa o qué? ¿Por qué reciclo los mismos temas de conversación con distintas mujeres? ¿Por qué me lleno de vacío? ¿Por qué solo se callan mis pensamientos cuando estoy hundido en una mujer?

El sonido con el que el café sale de la máquina para caer en la taza es comparable con el taladro a deshoras del vecino más cabrón que te puedas encontrar. Los cafés están listos. Me tomo uno de un trago. Abro el grifo para fregar la taza y meto las cápsulas bajo el chorro para quitar cualquier resto de café. Luego busco una bolsa de papel donde poder meterlas para tirarlas a un contenedor amarillo cuando salga, el grifo gotea:

punto, punto, punto, punto,
punto, punto, raya,

_____

2 En la ratonera dos gatos pelean por la séptima vida.

raya, punto, raya, raya,
punto.[3]

Cierro el grifo bien. Antes de irme abro la puerta del lavabo. La bestia desfila indignada y me perdona la vida por esta vez. Salgo de casa y cierro como el que deja una vida tras de sí. Dos fieras se quedan a un lado de la puerta. Al otro, un monstruo se aleja.

Pedaleo rumbo a casa de Nico. Hoy la lluvia da tregua, pero los charcos son espejos donde evito mirarme. Pedaleo más rápido. A esta velocidad las personas son prescindibles, los negocios y comercios son mensajes subliminales, la policía es una pompa de jabón azul, los letreros luminosos de las farmacias parecen iglesias de guardia, las líneas de estacionamiento parecen telegramas que me vienen a decir lo que ya sé y no quiero que me recuerden, lo que siempre he sido y respondo a ese nombre:

raya, raya,
punto, punto,
punto,
raya, punto, punto,
raya, raya, raya.[4]

---

3 Una palmada sorda
  acalla los pájaros
  mata el vuelo.

4 La luna es un tragaluz
  alimentado con luciérnagas,
  luce llena.

No siempre fue así. No siempre fui lo que me hicieron. Ahora me deshago en cada mujer que me atrae y me ilusiono a golpe de conquista. Piel accesible. Corazón inexpugnable. Me engaño a cada embestida con una pasión desmedida que confundo con amor. Previo al orgasmo todo es posible… hasta enamorarme. Acaricio como si fuesen mi pareja de toda la vida. Miro como nadie las miraba. Me entrego como pocos se permiten. Todo previo al orgasmo. Tras la explosión todo se evapora. Vacío. Rechazo. Dar placer no me hace sentir más amado y a mi paso solo hay devastación. Soledad acompañada. Dermis consumida. El Ciro que no había eyaculado aún se convierte en mi peor enemigo.

Pedaleo lo más rápido que puedo. Tan rápido que todo es borroso. Abro la boca para coger más aire. El monstruo lo aspira todo. Mi respiración entrecortada es otro telegrama que jadea:

raya, punto, punto,
raya, raya, raya,
punto, raya, punto, punto,
raya, raya, raya,
punto, raya, punto.[5]

Ya no tengo el control de la bicicleta. Voy a doblar por esta avenid…

¡PIIIIIIIIIIIIIIIIIIIIIIIIIIIIIIIIIIIIIIIIII!

—¡Mira por dónde vas, gilipollas! —me grita el conductor del coche que casi me atropella—. ¡Que te vas a matar, muerto de hambre!

---

5 En el bosque inmenso
una sombra
no encuentra su árbol.

El corazón en la garganta. El monstruo no lo escupe ni con esas. En la lengua, la misma sensación que tenía cuando, de pequeño, chupaba una pila por el gusto de sentir la descarga.

Vibra el teléfono. Es un wasap:

Iris

Hoy

Otra vez te has ido como un ladrón? Ciro, te juro que no te entiendo, te lo juro. La semana pasada me decías que te morías por verme, que te acordabas de lo bien que lo pasábamos juntos y no has tardado ni... Bua! déjalo. No merece ni la pena ya enfadarme. O quizá eres tú el que no merece la pena 9.53
Cuando salgas de trabajar quiero quedar contigo, ya me he cansado de esto, pero me vas a escuchar... Me lo debes. Avisa en cuanto termines 9.54

Quién es más muerto de hambre, ¿el que no tiene nada que llevarse a la boca o el que nunca se sacia?

9

El choque de la mujer cactus

Creo que ya no te conozco,
que nunca te he llegado a conocer,
que todo lo que sube, baja,
y tú, ya estás a punto de caer…

Carmen Boza, «Desconocidos»

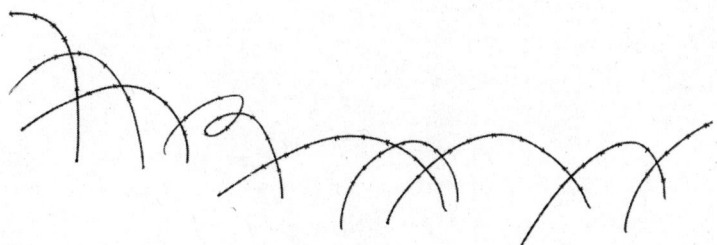

Lo bueno de los domingos es que solo abrimos dos horas y media. De doce de la mañana a dos y media de la tarde. Lo mejor es que no tengo que madrugar. Dos horitas; limpiar, regar, hacer pedidos, la caja, dejar planificada la semana siguiente y ya. Asequible. Mi día favorito de la semana: el domingo.

Una floristería los domingos es un servicio mínimo. La salvación para quien la ha cagado hasta el fondo con su pareja la noche anterior y necesita resarcirse apelando al romanticismo barato simbolizado. Si una rosa compra perdones es que la gracia no vale tanto. El detalle bobo de esas parejas primerizas que, en sus primeras citas, han unido la noche con el día y empiezan a creer en el destino... El destino... Ay, ¡angelitos! Ya os digo yo que el amor a la francesa es una bomba casera con metralla que SIEMPRE termina explotando en las manos. Y a Paco ya no le quería tocar ni con las manos de otra.

Quedan veintidós minutos para que abra. No creo que gaste muchos más. Entro en la farmacia.

Delante de mí cuatro personas. Un chico de mi edad que tiene pinta de cometer un atraco de un momento a otro, una madre dando tirones de la mano a su hija para atarla en corto, «esto me suena», y una anciana que me mira de reojo tratando de tapar con su carro cualquier posible fisura por la que me pueda colar mientras intenta desbloquear su móvil. «Señora, créame que lo que voy a decir al farmacéutico no quiero que lo escuchen sus pabellones auditivos». Atestiguando toda esta fila india, Paco. Paquito. Paco I el Callado... A no ser que estés buena, que entonces seguro que te habla de los secretos de la estación fantasma de Chamartín. Un Paco que, al verme, dibuja una sonrisa en sus ojos. Te vas a cagar Paco. Tú atiende, tú atiende...

—Buenos días, ¿qué necesitaría? —pregunta tímido y conciso Paquito porque el hombre que parece que va a atracar la farmacia no es Coral.

No consigo escuchar lo que responde en voz baja el sospechoso, pero por su tono parece que está pidiendo un remedio para la gonorrea.

—¡¿Cuántas veces te tengo que decir que no se tocan las cosas de las tiendas?! —vocifera la madre mientras la pobre niña, que apenas tendrá cinco años, intenta alcanzar un cepillo de dientes de Spiderman.

«Reme, te has dejado otra vez la receta de la insulina en casa», informa, a todo volumen, una voz masculina al otro lado del teléfono de la anciana desconfiada. Podría explicarle que, en un audio de WhatsApp, si te acercas el móvil al oído automáticamente salta el altavoz interno, pero no tengo el día para aguantar miradas de desprecio. Deja el WhatsApp (gracias a Dios) y llama por teléfono: «¡Ay, José Luis! ¿Puedes bajar corriendo y me la acercas?».

—Perdone, caballero, pero es que sin receta no le puedo vender el medicamento —responde Paco al chico de la clamidia... Seguro que es clamidia—. Si quiere, se lo dejo aquí guardado y viene luego.

—Por última vez. O dejas de tocar todo o nos vamos a casa, ¿eh? ¡Te juro que nos vamos a casa! —amenaza la madre, mientras la niña empieza a llorar con ronchones en la cara.

Reacción alérgica a algo. «Esto me suena demasiado de algo»—. Señora, pase usted si quiere mientras tranquilizo a la niña, ¡que madre mía cómo se ha despertado! —dice cediéndole su sitio a la señora mayor que no quiere que me cuele. Al final se ha colado ella. En mi mente estoy subiendo el labio superior mientras aplaudo lentamente como Ross en *Friends*.

—Gracias, chica. Por cierto, para la alergia en la cara de la niña ponle una compresa tibia con vinagre de manzana y se le quitará al momento, ¡mano de santo! —La anciana además de colarse se permite el lujo de montar la botica de la abuela en directo—. No, José Luis, no estoy hablando contigo... ¿Qué?... Pero ¿cómo se tiene una receta en el teléfono?... ¿Que me envías una foto?... ¿Y si eso se lo enseño al farmacéutico me sirve?

De los veintidós minutos que me sobraban para mandar a cagar a Paco ahora me quedan solo quince. Aún hay tiempo.

—¡De verdad que lo lamento, pero es que sin receta no se lo puedo dar! —repite Paco al chico del herpes genital, ahora subiendo un poco más el tono. El tono que tendría alguien que alza la voz y no se atreve a subirla mucho—. Si ha tenido la consulta en una clínica privada, llame para que le envíen la receta a su aplicación, y ruego que me disculpe, pero no puedo cometer un delito farmacológico.

La verdad es que Coral tiene razón. Tiene una tarita.

La señora mayor se gira lo justo para que sepa que se dirige a mí al hablar sin dignarse a mirarme. Qué vejez más mala, señora, ¿yo seré así de mayor?

—Anda, niña... Pasa, que se ve que tienes mucha prisa —su comentario ha creado un petricor de desdén que, con el hombre sífilis buscando en su app la receta, la madre e hija ronchones intentando apaciguar los ánimos y la anciana tratando de descargar la foto de José Luis, ha dejado vía libre para llegar al mostrador y, con él, a Paco.

Paco, átate los machos.

De los quince minutos ahora solo me quedan once. Me basta y sobra, Paco. Yo sola me basto y tú sobras, Paco.

La mirada de Paco según me aproximo torna de alegría al pánico preventivo.

Queda poco para llegar hasta él y me suena el teléfono. Miro quién es. ¡Mierda, los Navarro y sus *boutonnières!* No habían podido venir en toda la semana. Meto el móvil en el bolsillo. Pueden esperar.

—Buenos días, Sáhara. Qué, ¿te pongo? —lo dice con un tono ambiguo picarón que solo yo detecto. Le sigo el juego como una gata que sabe cuándo va a morder.

—Pues… me gustaría una caja de condones.

—¿De co-condones? —acabo de desarmarlo. ETS Boy me mira. «Si te los hubieses puesto, no estarías aquí», intento transmitirle por telepatía.

—Sí, una caja de condones. De los sensitivos…

—Ddde los «sensitivos»… Vale. Un momento, Sah —responde mientras se gira para buscarlos. Anda desorientado. Me vuelvo para observar a la anciana. Seguro que desde fuera debo de tener una mirada de loca. Le quiero pagar con su propia medicina—. Toma…, eh, aquí tienes.

Paquito me da la caja de condones como si le costara, apretando con el pulgar sin querer soltar como cuando compartías un poco de tu bocata en el recreo.

—No quiero bolsa.

—¿Nooo?

—Nop —apuntillo mientras, poco a poco, empiezo a retirar el plástico de la caja (que no se me note que por dentro estoy hirviendo), la abro (la rabia ya asoma) y comienzo a lanzar, uno a uno, los condones en la cara de Paco—. ¡Que (uno) te (dos) jodan (tres) cerdo de mierda (cuatro), que sigas (cinco) follándote (seis) a cualquiera que se te ponga a tiro (siete, ocho, nueve), pedazo de (diez) cabrón (once)!

El condón sobrante me lo guardo en el bolsillo.

—¡¿Qué!? —responde Paco.

—Jodan —aprende y repite la niña con ronchones mientras su madre le intenta tapar los oídos.

—José Luis, mira, ya ni te molestes en enviar nada que vuelvo a casa a por la receta, que aquí una chica se ha vuelto loca —comenta la anciana por el teléfono.

—¿Cómo? ¿Que Jaime me está engañando con otra? —pregunta una lejana voz femenina desde el bolsillo de mi pantalón.

Shock.

Con la llamada de los Navarro había descolgado el teléfono sin querer. Joder. Joder. ¡JODER! ¡Habían escuchado todo! Intento ponerme al teléfono lo más rápido posible.

—Caaarol. Hola, Carol, perdona. Je, je, je. Sin querer había puesto el manos libres y estaba discutiendo con mi… eeeh… pareja…

—¿Somos pareja? —pregunta Paco con cierta sonrisa ilusionada dibujada en su cara de culo.

—¡Tú y yo no somos nada, comemierda! —le replico tapando el teléfono.

Al otro lado de la línea solo puedo escuchar voces lejanas discutiendo y lo que creo entender en boca del novio como un «solo pasó una vez, Carol. Te lo juro. Solo una vez…». Cuelgan la llamada.

Mierda. Me quiero colgar de la iglesia de San Ildefonso.

—Tú…—Señalo acusadora a Paquito I (ahora el Acojonado) con el dedo tembloroso de la fuerza—. ¡Túúú! Por tu culpa se acaba de romper una boda.

—Peeero ¡si yo no he hecho nada, Sáhara, te lo juro! —se defiende paralizado—. Un momento, ¿me ibas a pedir matrimonio?

—¿De qué hablas, gilipollas? —digo.

—Mami, ¿se van a casar? —pregunta la niña ronchones.

—Tío, di que sí —añade el «hepatitis C».

—José Luis, mejor baja tú, que aquí se están pidiendo la mano —informa la yaya.

—Mira, Sáhara. Creo que deberías irte. Lo que tengas que decirme me-me lo puedes decir luego, pero estas escenas en mi lugar de trabajo no. Te pediría, por favor, que te fueses. Siempre me gustó lo rarita que eras, pero esto ya es pasarse. Deberías hablar con un especialista de tus problemas.

Paquito I el Psicoanalista.

Quiero llorar, quiero gritarle, quiero lanzarle el móvil y el condón que me queda con la esperanza de abrirle la crisma. Miro alrededor. Estoy montando una escena. El problema soy yo, ¿qué me pasa? Ahora soy la niña con ronchones a quien no le dejan coger el cepillo, la madre castigadora que quiere atar en corto la vida para que no toque nada mientras se le escapa de las manos, el chico infeccioso que no tocarían ni con un palo y la abuela desconfiada que no sabe cómo funciona nada. Toda en uno. No tengo remedio.

Me desinflo con los párpados a punto de abrir las compuertas. No miro a Paco a la cara. Me doy media vuelta y me paro en el umbral de la puerta automática.

—Paco, no me llames jamás en tu vida.

Salgo.

De los once minutos solo me quedan tres y necesito un café, mi dignidad y que los Navarro me cojan el teléfono.

Corro en dirección al Ojalá mientras llamo. Marca tono. Me cuelgan el teléfono. Dios. Llamo otra vez: «El teléfono al que llama está apagad…». Cuelgo. Mierda. Mi madre me mata. Mi madre me mata. Mi mad…

A escasos centímetros de entrar por la puerta del Ojalá, una sombra se abalanza sobre mí sin posibilidad de reaccionar.

Choque.

10

El choque del hombre globo

Causalidad en vez de casualidad, quizá,
esto que digo no te lo lleves a lo personal.
Tienes madera pero no tienes táctica,
y... nunca has jugado un partido en la liga profesional.

CARMEN BOZA, «Desconocidos»

Odio pocas cosas, pero cuando lo hago les declaro un odio eterno. A ultranza. Y todas podrían pasar por analogías del fútbol moderno. Odio el victimismo en todas sus formas, las grandes citas con teatro y piscinazo. No solo se fingen los orgasmos. Odio la empatía proyectada de la gente que cree saber lo que pienso o lo que me ocurre mejor que yo y solo tiran líneas de fuera de juego desde su sofá. Odio que me den por hecho. Que hablen de mí de oídas. Lo preconcebido. Los prejuicios deben de estar tejidos del mismo material con el que se fabrican las camisetas de celebración del equipo que pierde en una final. «¿Dónde puñetas van a parar todas esas camisetas?». Odio a mi padre, a él y a su educación a golpe de cinturón entre otros odios. Un entrenador no debería gritar jamás a los niños. Todo se pega. Odio la gente que vive a la defensiva con su lengua *cantenaccio*. Esas personas que se posicionan ante la vida como el cuerpo de seguridad de un estadio a pie de campo: de espaldas al partido. Sabiendo del marcador por los goles cantados por la afición. Aguardando. Odio los domingos. A los domingueros. En los domingos se pierden las quinielas. Se sabe el alcance de las lesiones, y yo voy de camino a romper un corazón dentro de la cafetería con una escrupulosa culpa.

Me odio. Los domingos un poco más.

Había conseguido postergar lo inevitable una noche más: hablar con Iris. Y ahora me esperaba en un restaurante para finalizar lo que nunca empezó entre nosotros. A todos mis odios le sumo el odio a lo innecesario. Como la opinión que nadie pide. Innecesario, como la entrada del VAR en la liga cuando... (vale, ya paro de hacer referencias al balompié).

Entro en el restaurante. Ni me esfuerzo en buscarla en la terraza a la hora del *brunch* en Malasaña. A las doce de la mañana un domingo de mayo esa terraza era un hormiguero verde aguamarina de gafas de sol, tabaco de liar y resaca rebajada con hidratos.

Podría haber elegido cualquier otro sitio, pero Iris quiere decirme adiós en el Ojalá. «Ojalá» viene del árabe (*law sha'a Allah*, «si Dios quisiera»). «Ojalá» significa «vivo deseo de que suceda lo que se ha dicho o lo que se va a decir a continuación». Es decir, voy a recibir el «si Dios quisiera adiós» de la mano de Iris, «la diosa mensajera de los dioses».

Soy un íncubo de marca blanca.

Está sentada en un zaguán ocupado por una mesita alta vintage y dos sillas de color hueso. Una foto de postal a la vista de todo el que pase por la calle donde las parejas seguro se prometen amor eterno de cara a la galería. La emisaria demanda testigos de su azote divino.

—Hola, espero que no lleves mucho esperando —saludo mientras reparo en que todavía emulsiona su infusión en la tetera de gres. Debe de haber llegado poco antes que yo.

—Ciro, gracias por venir. Esto no me salía hablarlo por teléfono —me devuelve cordial.

Nunca he entendido los formalismos, pero respeto el protocolo de las despedidas.

Iris se levanta a darme un abrazo. Un abrazo polisémico. Un último abrazo entre dos personas que se follan jactándose de que nunca se van a pillar hasta que una de las dos partes se pilla es, ante todo, polisemia. Solo así se explica su mirada fría sincronizada con su nariz hundida en mi cuello tratando de aspirar todo mi aroma. Solo así justifico sus silencios incómodos al encajar su pubis con el mío por memoria. Solo así entiendo la soledad como un lugar apátrida. Una ciudad dormitorio. España vaciada.

Solo así.

Solos así.

Así de solos… y tan asiduos.

—Iris, tú dirás… —espeto sin estirar más la demora. Nunca tuve pelos en la lengua, pero en este tipo de conversaciones prefiero que me arranquen la cera sin avisar.

—Así, ¿directamente? —responde un poco molesta.

—Sí, por favor… No es que tenga prisa. Es que no quiero hablar bordeando lo que queremos decir —pido concreto.

Andarme por las ramas es otra cosa que odio.

—Es lo que prefieres, perfecto. ¿Qué te ocurre, Ciro? ¿Qué pasa por tu cabeza? Me hiciste sentir especial, y cada vez que nos vemos me recuerdas que te importo una mierda. No sé por qué carajo intentaste quedar durante tanto tiempo. Insististe durante más de tres meses para volver a vernos, ¡si con la historiadora de arte se te veía tan feliz! Insististe en hacer planes continuamente, ¿para qué? O sea, ¿de verdad querías quedar conmigo? ¿Por qué? ¿Con qué intención? ¿Qué buscabas en mí? ¿Por qué tanta insistencia? ¿Para luego, encima, enterarme de que estás haciendo lo mismo con otras cuatro? ¿Con cinco? —dispara con la velocidad de un discurso ensayado delante del espejo—. No sabes lo que es ir a cualquier fiesta y que haya un corrillo de chicas que, al salir tu nombre, mínimo una, tenga o haya tenido una historia contigo.

Para una vez que maté a un gato me llaman matagatos.

—Yo a ti no te pregunto con quién estás, si quedas con alguien cuando dices que «mejor nos vemos otro día»... ¿Acaso te pido explicaciones? ¡Jamás! No entiendo que me eches en cara esto. ¿En qué momento hemos hablado de que somos una pareja, Iris? Nos llevamos increíble, la química es bestial, nos gusta pasar tiempo juntos, incluso hay días que te puedo echar de menos, pero ya... No puede ser que, desde el principio, ¡desde antes de acostarnos por primera vez!, prometiésemos que no iba a ser «nada serio» para ninguno de los dos. «Si seguro que te pillas de mí antes que yo de ti», esa era tu frase estrella... ¿A qué viene esta retahíla? Sabías que no estaba preparado para tener nada con nadie... —justifico mientras sujeto sus manos en busca de comprensión.

¿Tan poco vale la palabra que se busca desacreditarla en cada acción?

Me suelta las manos al ver aparecer al camarero. Este me pregunta si quiero algo para acompañar el té de Iris. Pido unas tostadas de aguacate con salmón, un café cortado con leche de avena (la leche de avena aparte) y un zumo de naranja natural. Iris me mira como si me riese en su cara... Esa es otra. En lo que respecta a las despedidas tengo actitudes que se podrían llamar «impopulares». Comportamientos que suelen tener «mala prensa». Las ojeras que luce Iris confiesan que esta noche no ha pegado ojo. Posiblemente por mi culpa. Algo que a mí nunca me ocurriría. Ya puedo tener la peor discusión, el funeral de un familiar, un desastre natural o una fatalidad que, al llegar la noche, caigo como un muerto. También tengo un instinto raro, por no decir «sádico», que produce que me ría en el momento menos indicado. Una risa nerviosa cuando no toca. Cuanto más pienso en que no me debo reír, más apretada y saliente es mi sonrisa. En lo que respecta a la comida, tres cuartos de lo mismo. No es hambre emocional. No es ansia. No es hijoputismo, es que no entra en la sesera por qué, si te vas a llevar el mal trago de tener que tratar temas de conversación incómodos, no se pueda comer bien. No te voy a escuchar peor por comer con hambre y disfrutar a cada bocado…

No me parece tan buena idea cuando Iris me mira como si me fuese a arrancar el corazón de un momento a otro para dárselo de comer a los perros… O a su gata del desierto.

—¿Para qué has liado entonces la que has liado? ¿Qué necesidad de hacer todo lo que has hecho? ¿De lo que has montado? Que llevamos quedando dos años… ¡Dos años! —señala efusiva como esas personas que se dan cuenta del cabreo que portan a medida que hablan—. Cuando tú quedas con una persona durante tanto tiempo, haces tantos detalles, planes, ¡que hasta nos fuimos de viaje!… Llámame loca, pero un mínimo de ilusión te creas o, al menos, una esperanza de que pueda ser algo más, porque desde el principio podemos decir lo qu… —defiende airada, no la dejo terminar.

—Decir mierdas, Iris, decir mierdas. Entonces ¿de qué cojones sirve ser transparente? En todo momento te he dicho cómo me sentía. Cada vez que hemos planteado el tema lo he dejado claro, cristalino. Y ¡te ha parecido bien! Cada vez que lo hemos hablado te ha parecido, no bien, ¡maravilloso! ¿Qué ha cambiado ahora? Tanto tiempo, tantos detalles… Claro. Eres importante para mí, me gusta pasar tiempo contigo. El viaje… Joder con el viaje. Me cago en el día que se me ocurrió irnos de viaje, ¿qué implica un viaje? ¿Un viaje te convalida automáticamente el título de «relación en pareja»? ¿Nos hacen descuento en ramos de flores? Era un viaje entre dos personas que se lo pasaban bien juntas y que justo tenían libre esa semana. Ya está… Que parece que soy un robot sin corazón —contesto con un ligero aumento de la bolsa escrotal.

—Un robot no sé, pero un niñato irresponsable emocional sí, bastante, y parece que eres el único que todavía no se ha dado cuenta —pregona a los cuatro vientos. Todo el restaurante nos mira como si fuese el consumidor de cuerpos de la calle de la Primavera. «Parecía buen chico», dirían los vecinos. «Era tan simpático que me suplantó la identidad para trabajar por mí mientras me recuperaba de mis lesiones», diría Nicolás.

—Iris, no tengo por qué aguantar esto. Querías quedar para hablar. Bien. No quieres que volvamos a acostarnos. Genial. No volveré a bajar entre tus piernas, pero no me eches en cara que no te dé lo que, en la película que solo tú te habías montado en tu cabeza, creías que iba a ocurrir. —Me revuelvo iracundo—. No estoy preparado para una relación y, como no quiero ser egoísta, lo comunico. A lo mejor querías que fuese un impávido sin tema de conversación que pagase sus mierdas contigo, pero yo no soy así. Lo siento, Iris, pero en esto no me voy a sentir culpable.

Miento. Mi *culpanómetro* estaba al rojo.

—Ni de coña. Además, no tengo tiempo libre y es algo que sabes perfectamente. Mientras que Nicolás no… —musito en un intento de rebajar los decibelios de la conversación. Ella no lo permite.

—Nicolás… ¡Ja!

—Nicolás, ¿qué?

—Tú te piensas que no haces nada mal, ¿no? Cirito, el meacolonias. El pobrecito. El ángel de la guarda. El salvador de las causas pobres. El que, como ayuda a los demás, se ve con la potestad de ir a joder la vida a las mujeres mientras se las folla. El aliade que nos ve como trozos de carne. Y Nicolás, pobre hombre. Se creerá que eres buena persona y todo, ¿también a él lo has embaucado? Encima, te creerás íntegro por estar trabajando por él… Lo único que haces es engañarte para ocultar la verdad —airea sin despeinarse. Me está dando pa'l pelo.

—Y tú sabes la verdad, ¿no? Ilumíname, ¿cuál es esa certeza, Iris?

98

Mi inflada de huevos está a punto de agravarse a torsión testicular.

—¡¿Quieres la verdad?! Muy bien… La verdad es que lo haces todo por interés, Ciro. Sí, por interés. Estás tan en la mierda sin saber quién eres y qué quieres hacer con tu vida que solo vives a través de los demás. Que solo puedes hacerte el santurrón para creerte que eres diferente a tu padre, pero tú eres peor que él. Y además con piel de cordero. Es cuestión de tiempo que Nicolás también se dé cuenta del fraude que eres —finaliza con una dureza que no creí posible en ella.

Me levanto sin darle el gusto de la réplica. Sin aparentar ofensión ante su retrato robot exacto. Salgo por el zaguán (la puerta principal quedaba demasiado lejos) con la idea de que a lo mejor sí que soy un robot. Un robot que no necesita alimentarse, puesto que dejo mi desayuno sobre la mesa sin probar bocado.

A veces la verdad flota como un mosquito en el zumo. A veces se esconde como la suciedad bajo una fábrica de alfombras. Otras, la verdad se maquilla como el carmín delator en el cuello de una camisa. Algunas son llevaderas, pero una verdad nunca es inofensiva y las verdades que se dicen a la cara son púgiles que saben pegar. Las de Iris me acaban de meter una paliza de campeonato.

Odio los domingos y este no iba a ser menos: jodido de casa, señalado por el camino, retratado en ayunas.

No doy ni el primer paso, cuando una niñata que corre como si la persiguiera una mentira o huyese de la realidad choca conmigo sin margen de maniobra. *Frame* congelado. Mercurio en la sangre. Sangre en la nariz.

Su puta madre.

11

El roce no siempre se encariña

Un día soñando en un sueño soñé,
que estaba soñando contigo,
soñar con hacerte el amor y soñé
que no estaba dormío,
sueño que sueño, piel con piel,
calor con calor… cuerpo con cuerpo
y aquel color de tu pelo y tu piel a la vez,
aún despierto y recuerdo.

Ojalá no te hubiera conocido nunca.

MUCHACHITO BOMBO INFIERNO,
«Ojalá no te hubiera conocido nunca»

Lo primero que hago tras caer de culo es esperar que mis pensamientos se despeguen de la frente, tardan lo suyo. Lo segundo es aguantar con elegancia la risa burlona de los transeúntes como rosas en la ópera o claveles en las lápidas. Me quiero morir. Lo tercero es ver si me he hecho algo. Me toco la frente. TENGO SANGRE. No es mía. Respiro aliviada. Con mucho asco pero aliviada. Chequeo todas las partes de mi cuerpo para descartar una hemorragia interna. No detecto indicios. ¿Movilidad articular? Con fluidez. ¿Dolores? En mi culo de momento ninguno, pero la adrenalina en caliente acalla el dolor. Mañana no me podré sentar. ¿Visión borrosa? Tampoco. Delante de mí puedo ver nítidamente a un chico con la nariz sangrando que, si no me calza una hostia en cuanto me levante, poco le falta.

¡ENCIMA!

—¡¿Puedes mirar por dónde vas, subnormal?! —arremete contra mí el hombre sangrante hecho una furia. Tiene la cabeza inclinada hacia atrás para no seguir manchando su camiseta blanca de sangre. Así se tienen que ver mis ojos inyectados por la rabia.

—¿A quién llamas subnormal, desgraciado? ¿No sabes que existen las puertas? —contesto recriminándole—. Cuando descubras lo que es un picaporte te vas a correr de gusto, ameba.

Vaya paralelismo de mierda. En casa seguro que se me ocurre la respuesta perfecta. Cuando ya no me sirva ni esté para escucharme. Impotencia añadida.

—Pero si ha sido tu culpa, cegata.

—Además, niñato, te tendré que pedir perdón por que te abalances encima.

—¡Abalanzarme yo! JA, JA, JA —repite mientras incorpora la cabeza para reírse. Una delgada cascada roja vuelve a caer sobre su camiseta—. Pues una disculpa sería lo mínimo, ¡qué menos! Se le llama «educación» —fija su vista en mi móvil, ahora en el suelo por el golpe—. La gente como tú podría despegar sus narices del teléfono por un segundo para ver que hay más mundo aparte de ellos.

—¿Quién es el que sangra por la nariz, payaso?

—A ti nunca te han dado una hostia, ¿no?

—¿Acaso me la vas a dar tú? —Recojo el móvil y me levanto de un salto. El bofetón que no le he dado a Paco se lo va a llevar él con carácter retroactivo. Mano de santo. Jarabe de palo. Le aguanto la mirada. Me fijo en sus manos. Bajo de la nube. Ahora mismo, si este chico quisiera, me podría dar una hostia que me vestiría de Arya Stark venerando al Dios de Muchos Rostros. Miro a mi alrededor. Toda la gente que se reía de mí al estar en el suelo ahora me observa como si fuese una próxima lápida sin nombre. No ha sido mi culpa… ¡HA SIDO SU CULPA! Estoy hasta los ovarios de que los hombres se piensen que la calle es suya. Que todos los mapas giren alrededor del obelisco de su falo. Que se crean que todo les pertenece. Que pueden entrar y salir cuando quieran… por donde sea y como sea.

—¿No tenías prisa? —pregunta con una clara actitud de gestión de la ira—. ¿No te esperan en algún sitio y por eso estás corriendo? Pues anda, corre, que seguro que llegas tarde y deja de tocar los cojones, niña…, que te aseguro que hoy no te conviene…

Lo mato.

—No tocaría…

—Que te pires.

—… a alguien como tú…

—QUE TE PIRES —añade.

—… los cojones…

—¡QUE TE PIRESS!

—Ni muerrrtaaa.

Hace verdaderos esfuerzos por irse. No lo consigue. Algo se lo impide. Me descubro agarrándole con las dos manos la camiseta por el cuello; a una distancia en la que solo se dan besos o cabezazos. Me mira estupefacto y no da crédito. Se congela el tiempo. Sigue sin dar crédito. Retira su mano ensangrentada de sus fosas nasales y la posa en mi cara para coger distancia.

—¡¿Qué haces, loca de los cojones?! ¡¿Me quieres dejar en paz?!

Huye maldiciendo, ¿qué mierdas acaba de pasar? Pero, ese pibe, ¿de qué va? Quiero gritarle. Le quiero insultar, pero ya está demasiado lejos para darse por aludido. Demasiado tarde. Saco el móvil del bolsillo. Utilizo la cámara a modo de espejo para comprobar el alcance de los daños que haya podido ocasionar la palma de su mano aterrizada en mi rostro… ¡Soy Wilson! Dios, ¡soy Wilson! Soy la puta pelota abandonada en mitad del océano en la película del náufrago con la mano de Tom Hanks como cara. En el papel de Tom Hanks, el puto gilipollas que acabo de conocer. En el papel de océano, la vida que me ahoga con una corriente que no me deja huir, y en el papel de pelota, yo. A la deriva.

12

Trapo sucio

Tú también tienes que ver
que nunca tengo mi papel
nube gris, riega todo el jardín
todo el jardín, todas las flores que no probé.

VETUSTA MORLA, «Valiente»

Tengo automatizado el juego de muñeca para que la llave consiga entrar en la cerradura y gire. Doy dos vueltas y, antes de dar la tercera, tiro del pomo hacia mí. Tirar hacia fuera para poder entrar. No sé en qué momento la vida empezó a parecerse más al juego de la soga.

Entro en casa, me saco las zapatillas con la puntera. Creo que tengo un uñero en el pulgar. Voy directo al baño. Me lavo las manos frotando hasta la molestia. Cae agua rosada. Me miro en el espejo. Tengo el semblante de un doctor «que hizo lo que pudo en el operatorio». Contemplo la camiseta. Parece un mantel de hule que sostiene una cena de Nochebuena donde se apoyan copas de vino tinto para disfrazar conversaciones insulsas. Voy al salón y me recuesto en el sofá. Hay cepos que tienen reposabrazos. Saco el móvil y abro el buscador. «¿Cómo se quita una mancha de sangre?». Clico en un artículo de *Mundo Deportivo* para quitar las manchas de sangre seca:

> Cuando nos hacemos una herida, sufrimos un pequeño accidente y nos lesionamos o sangramos por la nariz, es muy probable que alguna de nuestras prendas de ropa acabe manchada por un poco de sangre. Ante tal situa-

ción, lo ideal sería actuar cuanto antes para que eliminar esa mancha no se convierta en un proceso complejo…

Tenía quince años. Iba con mi madre en un taxi para volver a casa. «Calle Eloísa de la Hera número 8, por favor», dijo mi madre al taxista con una sonrisa solvente. No hay mejor definición para la felicidad maquillada de mi madre. Una felicidad resolutiva. La necesaria para sobrellevar el día. «¿El número 8? ¡Qué coincidencia! Justo acabo de recoger a una mujer de ahí en el anterior servicio. Muy guapa, ¿eh? Muy guapa…».

> … Sin embargo, a todos nos puede pasar que, por una razón o por otra, dejemos esa tarea para más tarde y cuando vayamos a lavar la prenda nos encontremos con que la mancha de sangre está completamente y bien adherida al tejido. ¿Qué hacer en este caso? ¿Cómo quitar las manchas de sangre seca en la ropa? ¡No te preocupes!…

Me siento como uno de esos coches mal aparcados que nadie mueve ni limpia. Tan sucios que nadie roba. Tan olvidados que los mensajes de «Lávalo, gua…» se quedan a medio escribir por irrelevancia. Lo bien que siempre se me dio hablar y lo fatal que se me da callar.

> Pasos a seguir:
> 1. Las manchas de sangre en la ropa deben limpiarse lo antes posible, pues cuantos más días transcurran y más secas estén, serán muchísimo más difíciles de eliminar… Lo primero que debes hacer es dejar la prenda a remojo en abundante agua fría durante unas horas para que la sangre seca se vaya desintegrando. Es fundamental que no hagas esto con agua caliente, pues el

calor, por el contrario, adhiere muchísimo más la mancha al tejido.

Mamá

Hoy

Hola, mamá, cómo estás?
Necesito apoyo logístico 13.19

Buenos días hijo k tal el finde.
Yo aquí con tu padre esperando
a un taxi que nos vamos a ver
una obra. K necesitas 13.19

Qué producto le puedo echar para quitar
una mancha «difícil» de una
camiseta blanca 13.20

Mancha difícil? Cómo de difícil? 13.20

De sangre, mamá. Pero no es nada, te lo juro,
habrá sido por el calor, que me ha salido un poco
de sangre por la nariz 13.21

Sangre!!! Estás bien?? 13.21

Videollamada perdida a las 13.22

Mamá, te juro que no es
nada, solo un golpe de calor 13.22

NO ME MNTAS. Te has vuelto
a pegar con alguien, a k sí!!! 13.22

Mira, mamá, déjalo. Ten buen día 13.23

2. A continuación, aplica directamente sobre la mancha de
sangre seca una cucharada de detergente líquido y deja
que sus componentes actúen en la prenda durante al menos quince minutos. Pasado ese tiempo, coge un cepillo
de cerdas suaves y frota enérgicamente con movimientos
circulares y vuelve a aclarar la prenda con agua fría.

Las expectativas se asemejan más a un gatillazo que a un
orgasmo simultáneo. Siempre ha sido así. Desde que empezó a
llegar a mis oídos adolescentes información referente al sexo (de
dudosa veracidad) comencé a fantasear sobre cómo sería «la primera vez». Mi mente aunaba la vergüenza de las primeras compras de preservativos junto a la idea de cómo sería perder la
virginidad al hundirme en una mujer. A las pajas llegué tarde.
Tardío pero con ganas incólumes. Para las decepciones fui precoz. A medida que se instalaba el deseo también lo hacía el miedo al himen. Como lo lees. De pequeño temes a los vampiros, a
los zombis o a los fantasmas. De mayor, a las notarías, a Hacien-
da o al cáncer. De adolescente, al himen. Un bombardeo de imágenes en clase de Biología edulcoradas por las exageraciones de
compañeros que ya habían tocado teta me hicieron creer que
romper el himen de una mujer sería semejante a la primera pla-
ga de Egipto. No fue así.

Tenía diecisiete años y era San Valentín. Por aquel entonces era tan inconsciente como romántico. Esa noche mis padres
llegarían tarde y Lydia y yo teníamos la casa para nosotros solos.
La adolescencia se mide en primeras veces y Lydia fue mi prime-

ra novia. Creímos que era el momento de dar el paso y el día de los enamorados era el mejor pretexto. La primera vez en el sexo tiene más de ceremonia torpe que de lenguaje. Abrir el preservativo tembloroso temiendo hacer un agujero imperceptible desde el que luego se escape el semen. Desenrollarlo a trompicones sobre el cuerpo cavernoso con erótica negativa. E intentar llegar a meta o a meter. Para mí fue como intentar enchufar un cargador de móvil por el hueco de la cama sin ángulo de visión. Como si sobre mi pene a punto de explotar tuviese un ángel asexual sin orificio de entrada intentando obrar el milagro a base de empujar. Cuando logré entrar en ella, eyaculé a la segunda penetración. Me levanté de un salto y fingí haberme hecho daño en el frenillo para no confesar mi eyaculación precoz. Al entrar en el baño, observé el condón. Por dentro, todo un océano de pubertad. Por fuera, tres gotas de sangre sin mucha consistencia. ¿Eso era el himen? ¿Eso era el sexo?

Creí que eso también era amor. A los cuatro veranos me engañó con un italiano en un viaje de Erasmus. La adolescencia se mide en primeras veces. La madurez se define por viejas decepciones.

3. Si el método anterior no ha acabado por completo con esa mancha de sangre seca tan resistente, puedes poner a prueba algunas de las soluciones que te mostramos a continuación. Una bastante eficaz es la de usar una mezcla de amoniaco y agua, pues normalmente este preparado elimina las manchas más complicadas... Verter una cucharada de amoniaco en una taza de agua, remover y aplicar la mezcla sobre la sangre seca. Deja que penetre durante cinco minutos y, luego, aclara con agua fría mientras frotas con tus manos la zona manchada con un poco de detergente líquido.

Se ilumina la pantalla del teléfono. Es Nicolás. Una llamada de Nicolás un domingo solo quiere decir que se acabó el domingo para mí. Casi que lo prefiero.

—*Marico*, ¿qué tal va el día?

—Pues... no son ni las dos de la tarde, todavía no he comido, estoy intentando sacar una mancha de sangre de la camiseta, no sé si me he roto la nariz y necesito que me practiquen el garrote vil. —Me suenan las tripas como un perro responde a la llamada del amo. Mierda. Ese aguacate con salmón tenía buena pinta.

—¿Mancha de sangre? ¿Nariz rota? —le escucho reírse como pulgoso—. ¿A qué nueva novia le rompiste el corazón y se ha vengado, Cirito? Te tengo dicho que te las busques flaquitas...

—Nico... —Le voy a contar lo de Iris, pero me lo callo. Mejor no alimento sus ansias de vivir su vida sexual a través de mis anécdotas. Este cabrón se agarra a cualquier detalle que le cuento para descojonarse de mí—. Una loca. Ni la conocía. Iba corriendo por la calle sin mirar y se ha chocado conmigo, ¡¿quién corre sin mirar por Malasaña!?

—¿Y a ti no te dio tiempo a verla venir?

—No, acababa de salir de un restaurante.

—¿Un restaurante? Pero, si decías que no habías desayunado...

—Sí, no he desayunado.

—Entonces ¿qué hacías en un restaurante sin desayunar? ¿Ahora también estás suplantando a algún camarero?

—Quedar con Iris. Quería «hablar».

—Hablar...

—Sí, Nico. Hablar.

—Vamos, que te dio puerta y no te quedaste a esperar ni a que se enfriara el café...

—Nicolás...

—Y que al salir otra chica te ha roto la nariz…

—Roto no, pero…

—Y ¿no te lo oliste? —No soporto al Nicolás graciosillo.

—Nico. Nicola. Nick… Sé que me vas a pedir que trabaje hoy por ti y, como sigas con el vacile, te juro por Dios que te cuelgo. —Soy un bocazas. No sé por qué le cuento mi vida a la gente de una manera tan gratuita. Con lo fácil que sería callarme. Tengo un radar para las energías. Detecto cómo es alguien con solo una primera impresión. Un segundo y ya, no me hace falta más. No fallo. Es como algo sinestésico. Veo colores en las personas, pero un mismo color simboliza diferentes cosas en personas distintas. Si me da buena vibra, me explayo y me abro en canal. Si es el caso contrario, solo contesto con monosílabos. Nicolás era un cotilla morboso, pero con el corazón más noble que he conocido. Gris perla. La loca que casi me rompe el tabique tenía el alma de color guano.

—JA, JA, JA. Perdón, ya paro. Pues eso, que si pudieras trabajar un par de horas por la tarde me salvabas una vez más. Estamos a fin de mes y estamos pelaos, *marico*.

—¿Tiene que ser ya, ya o me das un par de horas para ver si sale la mancha?

—En cuanto puedas, amigo. Encima que me ayudas no me voy a poner *milindres*.

— «Melindres», Nico.

—Pues ¿qué he dicho? *Meilindres*.

—Eh… vale. Por cierto, recuerda que el próximo domingo no puedo trabajar; tengo que estar de vocal en una mesa electoral.

—Te pillaron, *marico*. Yo creo que siempre lían a los recién empadronados. A mi hermana le pasó lo mismo. Fue mudarse de piso y la primera en las naric… JA, JA, JA. —Ni intento hacerme el enfadado. La verdad es que personas como Nico dan vida—. Una vez más, Ciro…, gracias por todo lo que estás haciendo por mi familia y por mí. Eres nuestro ángel de la guarda —dice con un tono que suena igual que el de Iris. ¿Cuánto tiempo pasará hasta que me vea un fraude como ella?

—Tú recupérate, que es lo que tienes que hacer.

—Gracias una vez más. Ahora te veo, y para la sangre seca... un barreño con agua fría y agua oxigenada. No falla.

4. Otro producto que igualmente es útil para eliminar las manchas de sangre seca de las prendas de ropa es el agua oxigenada, especialmente te servirá para aquellas de colores claros. Primero, deja la prenda a remojo durante dos horas en un barreño con agua fría y, una vez pasado ese tiempo, aplica directamente unas gotas de agua oxigenada sobre la mancha y deja actuar durante unos minutos. Verás que el agua oxigenada está haciendo efecto y desintegrando la sangre del tejido cuando empiecen a crearse burbujitas sobre la mancha.

Hago jirones la camiseta.

13

Lo que mal empieza mal continúa

Que cada vez que te vuelvo a mirar
me resulte más fácil morir
que obligarme a decir la verdad.

SUPERSUBMARINA, «Viento de cara»

13

Lo que mal empieza mal continúa

—Con lo que tú eres, seguro que nada más llegar a la tienda te has lavado la cara con cal viva, luego en tu rutina de *skincare* a lo bestia, te la has desinfectado, exfoliado con un cactus, untado en aloe vera y buscado el teléfono de un exorcista…

—¡So asqueroso! Pero ¡¿a quién se le ocurre?! ¡¿Y si me ha entrado algo en los ojos?! —le pregunto a Coral bajando el párpado derecho con dos dedos—. Toda la manaza, tía, toda la puta manaza ensangrentada, ¿seguro que no tengo nada en el ojo? Me lo noto raro.

—Lo raro es que el chico ese o Paco, con la escenita sacada de una novela de Beta Coqueta que le has montado, no te diese una torta que te vistiese del Real Madrid del 98.

—¿Lo raro? Tía, que tú no viste los aires con los que iba.

—Qué aires ni qué aires… Ha salido del restaurante el chaval y tú ibas como Imperator Furiosa llevándote a todo y a todos por delante. —Aunque me moleste que no se ponga de mi parte aplaudo sus constantes esfuerzos por estar al tanto de la cultura friki—. Voy a por otra cerveza, ¿quieres?

—¿El agua moja?

—¿La sangre mancha?

Para cuando quiero contestar, la risa lejana de Coral ya está en la cocina.

La casa de Coral es el tipo de piso que tendría guardado como favorito en Idealista. En el que pierdes minutos del día cada equis tiempo para calcular cuántos ahorrillos necesitas aportar para que te den una hipoteca. Es un piso de los que duele cuando recibes un correo diciendo que «Uno de tus favoritos ha sido eliminado», de los que tienta cuando el asunto del correo cambia a «Ha bajado el precio de uno de tus favoritos».

Una casa antigua reformada. Un salón minimalista con ventanales gigantes donde entra toda la luminosidad, el paraíso de la pared vista (hasta los azulejos blancos del baño y de la cocina emulan ese efecto), tres habitaciones grandes y separadas. Un dormitorio con decoración *industrial vintage* coronado con un tríptico de cuadros compuesto por la anatomía de un huevo, un pájaro y una jaula. Un vestidor liderado por un antiguo armario botellero reconvertido para la ocasión y cajas de frutas haciendo de zapatero, y un tercer espacio convertido en un centro deportivo de siete metros cuadrados dotado de una esterilla, pesas de uno a cinco kilos, láminas con frases motivacionales y una bici estática (ella es la única persona dentro de la M-30 que no la utiliza como perchero). Una casa de revista.

Se nota que he sido yo quien le he decorado la casa, ¿no? Pues no tenía ni idea de diseño de interiores. No soy la típica que colecciona carpetas con fotos de decoración en su Pinterest. Bastó con que Coral me pidiese una «ayudita» con la casa para que mi exigente perfeccionismo me hiciera pasar por colaboradora de la revista *AD*.

—Sah, no quedan más cerves, ¿pides un TraiGO?

—¿Ya te has bebido todas? A ver si te estás volviendo un poquito Massiel… —le recrimino mientras cojo el teléfono para meterme en la aplicación.

—Que no, gili, que esta mañana han venido colegas del curro a ver el partido a casa y me ha tocado hacer de cicerona.

—Pero ¿no había terminado la liga?

—Joder, sí que te interesas de mis cosas... —recrimina levantándose la única cerveza que le queda—. Esta era la última jornada.

— Y jugaba el Madrid contra...

—Madrid-Betis... Y mejor no preguntes.

—Han vuelto a...

—¿Qué te he dicho?

—Pues vaya temp...

—¡Es el desplome del Madrid legendario! ¡Del Madrid de las cuatro copas de Europa! Ha sido el peor año que se recuerda. Sin cerresiete, tras despedir a Keylor que es el único que se ha echado el equipo a su espalda, con Bale desaparecido... Sin la flor. Se acabó la flor de Zidane. Entre todos lo mataron y él solo se murió.

Cómo no iba a presentar *La voz del forofo* si a Coral, cuando le preguntas sobre su Madrid se convierte en la evolución de un *hooligan* merengue.

—Pues cómo estamos... Oye, ¿de cena pedimos algo? —pregunto.

—¿Un Honest Greens?

—Vale. ¿Qué pido?

—Un poco de hummus.

—Mmm, hummus. —No sabía que me apetecía tanto hummus.

—Y cerveza. —Cómo no iba a querer cerveza la niña...

—Vale, ¿nada más?

—Nada más... No, espera. Había una tarta...

—Verás... —Con Coral nunca es «nada más».

—De queso...

—Hay dos. Una con té matcha y otra con caramelo de miso.

—¿Y cuál nos gustaba de las dos?

—Coral, siempre pedimos la tarta cruda de chocolate negro.

—¿Seguro?

—¿Quieres pedir tú?

—No, no, no… Pide la matcha.

—Vale. Hummus, matcha cheesecake… y cerveza no hay. Tienen vino.

—¿Y qué vinos hay…? ¡Es broooma! Pide el que quieras.

—Con tal de que tenga grados a Coral le sirve.

—Genial. Pues serían 23,50 euros. Me debes 11,75, y págamelo que siempre te escaqueas.

—Jodó con la cobradora del bízum.

—Jodamos. La dirección era paseo del Pintor Rosales, 50. ¿Primero qué?

—Primero B. Oye, tú del postre vas a coger, ¿no?

Así es mi amiga. Tan empoderada en la vida. Tan mosca cojonera para elegir qué hacer con ella.

—No has llamado a tu madre, ¿a que no? Pues ahora la llamas y le dices lo de las vacaciones, por favor. Que dijiste el jueves que el viernes, luego que el sábado y se nos va el domingo.

—Puaj, se me había pasado. —No era cierto, mi madre lleva una semana maldiciendo a su madre (mi abuela). Esta mañana se ha caído la boda de los Navarro por mi culpa (y por la del novio, que también tuvo algo que ver), y mentí a mi madre al decirle que ya estaba todo solucionado. Si hablo con ella, es bastante factible que descubra en mi tono de voz que algo no marcha bien. Siempre lo hace. Y como se entere me va a perseguir como Immortan Joe en *Mad Max*, con mi abuela en el papel estelar de Doof Warrior utilizando su cadera rota como guitarra—. Mejor se lo digo mañana, que pasará por la tienda para controlar que todo está perfecto, aunque ella lo haría mejor.

—Sah…

—De verdad, hazme caso. Mejor en persona. Mañana, en cuanto se vaya de la tienda te llamo y podremos reservar ya hotel y viajes.

—Después de tu vis a vis con Paco esta mañana… dudo de tu capacidad de negociación «en persona».

—¡¿Cancelo el pedido?! ¿Eso es lo que quieres? —pregunto burlona con el móvil en alto como si fuera un árbitro sacando tarjeta—. Mira que yo tenía hambre, pero si es lo que quieres…

—Como canceles… poco te habrá hecho el *hot* náufrago desconocido para lo que te haré yo. ¿Cuánto queda para que venga la cena?

—Aquí pone que «Nicolás ya está en camino», así que aproximadamente unos quince minutos… —señalo intentando que no me cale su dardo envenado. Ese «hot» ha sonado como el sonido debajo del agua que emite una vara metálica al golpear el fondo de una piscina—. Y ¿cuándo te he dicho yo que esté *hot* ese muerto de hambre, alma calenturienta?

—Es obvio…

—¿Cómo que obvio?

—Después del, dicho por ti, ridículo con Paco y de la rachita respecto a los hombres que arrastras, te chocas con un chico, le generas una hemorragia nasal y el único defecto que le has podido sacar, ciega de ira, es que ¿iba con «aires»?

—¡Y que era gilipollas!

—¿Porque le moleste que le rompan la nariz? Es que «qué sibaritas son estos chicos de Malasaña», ¿eh?, yo no sé adónde vamos a llegar. —Su ironía me empuja a mirar el teléfono con la esperanza de que el *rider* Nicolás me salve. Aún faltan, en el mejor de los casos, once minutos. ¡Corre, Nicolás, corre!—. ¿Sabes qué pienso?

—¿Que cuando tienes hambre y no dispones de alcohol te vuelves un poquito gilipollas tú también?

—Que ese chico te ha parecido *ysible*…

A Coral le encanta inventar neologismos.

—¿«YSIBLE»?

—Sí, posible + «Y si» = *Ysible*. Algo que, en otras condiciones y circunstancias, sería posible. —Se le ha ido. Para una amiga que tengo y la he perdido. Continúa—: Imagina que *hot* náufrago desconocido, en vez de encontrártelo por chocarte con él al huir de Paco, va a la floristería y pide un ramo de flores para su novia…

—Coral…

—¡Un *ysible* nunca se interrumpe! Visualiza… Imagina que compra flores para su novia y, al rato, vuelve porque ella ha cometido el crimen de dejarlo. Él acude a ti triste, derrumbado, *sadboy* de manual. Y lo único que hace es regalarte las flores porque seguro que tú sí que valoras esos detalles mientras se marcha para repetir su tendencia autodestructiva…

—Me encuentro con un intensito así y llamo a la policía o le golpeo con el quitamanías que tengo debajo del mostrador…

—¡Qué seca eres, hija! Pues imagina… —dice ralentizando la velocidad con la que pronuncia las palabras como quien busca el orden exacto de emitirlas sin dejar de mirar al vacío para parecer solemne—… que vamos a San Juan y te lo encuentras al otro lado de la hoguera. Y su mirada se cuela entre los huecos que dejan las lenguas de fuego al bailar —añade cambiando su acento por uno más propio de telenovelas—. Él no tira ningún deseo a la hoguera para que arda… porque su deseo lo tiene justo enfrente, Sáhara. Su deseo eres tú, Sáhara… Tú le hacesss arderrr.

En momentos como este me inunda la idea de que lo que une a Coral a mí es esa vocación de celestina que tiene. A lo mejor me ve como una muñeca rota incapaz de amar o ser amada y necesita arreglarme o saber que tengo arreglo. A lo mejor soy yo la *ysible*. ¿Y si mi padre no hubiera sido un hijo de puta desgraciado que nos abandonó a mi madre y a mí? ¿Y si desapareciera esta sensación constante de que mi madre me ve como la principal causa de su dolor? ¿Y si me atreviera a salir de esa cárcel de flores? ¿Y si no me liase con personas como Paco, personajes que hacen fácil deshacerme de ellos a la primera de cambio? ¿Y si hiciese algo por no ser todo lo que no me gusta de mí?

Suena el telefonillo. Le contesto a Coral mientras me acerco a cogerlo.

—Mira, Coral… Ya sea *ysible* o *inysible*, a impresentables como ese no me los quiero volver a topar en la vida —respondo al aparato—. ¿Sí?

—Traigo un pedido de TraiGO.

—Sube. —Cuelgo el telefonillo—. ¿Tía, desde cuándo el eslogan de estos es tan cutre?

—«Traigooo un pedido de TraiGOOO» —canturrea Coral con burla. Llaman a la puerta—. Abre tú, Sah, que yo voy poniendo la mesa.

—Voooy.

Abro la puerta, se acerca el repartidor. Quiere ser cordial, pero al detenerse en mi cara me mira como si le hubiese jodido en otra reencarnación… Un momento…

Es. Eres…

—¡¡¡Tú!!!

14

Doppelgänger de saldo

Voy viajando con las olas
evitando el temporal
un me falla la memoria
y tú tampoco lo harás…

GUITARRICADELAFUENTE, «Sixtinain»

—¡¿Yo?! ¿Qué ocurre? —Joder, joder, joder… Cuántas vi-viendas censadas puede haber en Madrid… ¿dos millones?, ¿tres? Y, entre todos esos millones, ¡¿justo me tiene que tocar un pedido en la CASA DE LA PUTA LOCA?! Joderrr, que me he ido poniéndole la mano en la cara. ¿Y si pone una mala calificación y se queja de mi servicio solo por dar por culo? ¿Y si cuando le pregunten por el mal servicio responde que la he «agredido»? ¿Y si pierde Nicolás el trabajo por mi culpa? ¿Y si…?

—¿No nos hemos visto esta mañana? —pregunta mien-tras analiza cada facción de mi cara y cada gesto como el que no tiene la certeza y se quiere asegurar…

Un momento… Esta mañana lo único que ha visto ha sido un chico chorreando sangre y tapándose la nariz. A lo mejor no se ha quedado con mi cara. Tengo una cara estándar en Malasa-ña. A lo mejor la sangre me ha hecho que deje de ser memora-ble. La sangre nos saca parecidos de donde no los hay. Son como dos gotas de agua… Dejaron de ser como dos gotas de sangre. El hombre indigno que esta mañana era irrisoriamente retrata-do poco o nada tiene que ver con esta gorra ridícula a un hom-bre pegada sin dignidad. A lo mejor, si niego la mayor diga lo que me diga, salgo indemne y todo.

129

—¿Esta mañana? Creo que me confunde con otra persona, señora... —¿Crees que ese «señora» ha sido dicho sin querer, payasa? Te acabo de poner años encima como al que le cae un piano de cola sobre la crisma.

—¿Seguro? —Vuelve a preguntar con la cabeza inclinada y su mirada centrada en mi nariz, como si buscara secuelas del cabezazo. Sabe aguantar la mirada. No le daré el gusto de apartar la mía—. ¿Esta mañana qué has hecho?

—¿Cómo? Trabajar, ¿qué voy a hacer? —Reírme en tu puta cara, tonta de los cojones, eso es lo que hacía—. De todas formas, no creo que sea información que deba revelar a los clientes... ¿Es importante?

Se queda noqueada sin saber qué decir.

—No, no... Perdona la intromisión. Es solo que me has recordado a alguien, aaa... un amigo —responde confundida.

—A un amigo... —Se lo ha tragado entero.

Me siento poderoso, certero, con la ventaja que da la farsa engalanada. La verdad que dicha cien veces pasa por mentira. No hay una pose más forzada que la «natural». No hay un camuflaje más efectivo que no salirte del raíl y hacer lo que se espera de ti. Fuerzo la máquina.

—Bueno, aquí tiene. —Le doy la bolsa de papel con delicadeza. La que esta hija de su madre nunca tendrá—. Tenga cuidado, agarre «por aquí» para que no se le «caiga» ni se «manche». —Estoy bailando sobre tu tumba, pellizcaventanas. Si con esto no me descubres con el énfasis que he puesto a estas palabras, eres más tonta de lo que pensaba. Me mira dudosa. Me veo inmenso...

—¿Seguro que no nos hemos visto esta mañana?

—Créame que lo recordaría... —Ciro, ahí te has pasado, ¿por qué cojones he dicho eso? ¿Por qué ha sonado a cortejo?

—Uooo, tranquilooo... —Se burla, y esboza una sonrisa. ¿Por qué sonríe? Mierda, sus mejillas empiezan a sonrojarse, ¡se están poniendo rojas! Que no sonrías… que no, que no abras la boca… Ahora se le ven los dientes. Joder, qué sonrisa más bonita tiene la jodía…—. Bueno, pues confiaré en tu memoria. Ten buena noche, Nicolás —finaliza con una energía totalmente diferente en el ambiente.

—Gracias. Igualmente, señorita. —¿Igualmente? ¡¿Igualmente?! ¿Por qué he dicho eso? Que poco más y bajo al pilón. Ahora me mira rara. ¡¿Qué he dicho?! Tengo que huir—. Eeeh, hasta luego.

Cierro la puerta.

Me alejo. No miro atrás ni de reojo, ni queriendo. A los seis pasos y cinco metros oigo la puerta cerrarse. Mi espalda siempre ha sido portazo. Hablamos el mismo idioma. El olor de «Coral» llega hasta el portal. Me miro en un espejo de la entrada. ¿Por qué sonrío? ¿Hace cuánto que no sonreía? Digo sonreír así. He sonreído por compromiso, por desprecio, con falsedad, coqueto, alegre-malicioso, emponzoñado en lujuria, pero esto es otra cosa. No recuerdo haber sonreído así desde que perdí todos los dientes de leche.

Salgo del portal. Su olor me despide. Me subo en la bici y pedaleo. Su olor me persigue. Un olor que embriaga sin perfume. Perfume de piel. Sonrío. Su olor se me ha pegado en la nariz.

15

La generación de madres que no sabían pedir perdón ni por favor

My life, your life
Don't cross them lines
What you like, what I like
Why can't we both be right?
Attacking, defending
Until there's nothing left worth winning
Your pride and my pride
Don't waste my time

ALABAMA SHAKES, «Don't Wanna Fight»

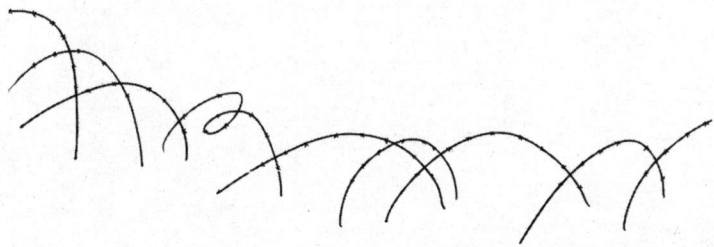

La generación de madres que no saben pedir perdón ni por favor

—Para que la plumeria crezca bien en maceta use una de barro, que así no acumulará agua de más —explico mientras embolso la planta con cuidado—. Plántela lo suficientemente hondo para cubrir sus raíces por completo. —El sonido de la caja registradora indica la transacción.

—Muchas gracias —responde el cliente sujetando la bolsa como si mordiera.

—Tome el tíquet, por si ocurre algo —le digo mientras lo recorto para que no se vea el cierre de ayer, ya que es la primera venta del día.

—A ver si me dura más que la anterior porque no tengo mano. Se me mueren todas.

—Ya verá como no. —Seguro que sí.

—A mi mujer la traigo por la calle de la amargura… ¿No podría darme algún truquito?

—Con el calor tiene que estar como mínimo seis horas al sol. Cuando haga frío frío, métala en casa —le aconsejo con mansedumbre. Mi madre siempre me dice que trato a los clientes como si les estuviera perdonando la vida, pero es que me jode vender plantas delicadas a los mataplantas. Un granjero no vendería ovejas a los lobos. Yo estoy obligada a vender diosas a alcornoques—. Vamos, como un madrileño un domingo en La

Latina, que de las ganas que tiene de terraza y sol hasta que no llega el invierno no lo sacas ni con un espray antiviolador, ja, ja, ja. —Finaliza mi intento de hacerme la graciosa. Me mira serio rozando a pánico. No ha surtido efecto. Abandona la tienda. Se cruza con mi madre al salir por la puerta.

Un granjero no vendería ovejas a los lobos. Mi madre es un huargo que me tiene por oveja negra.

—Buenos días, mam… —Voy a saludar. No me deja ni llamarla madre. Cuando está rabiosa no me identifica como su hija.

—¿¡Buenos días!? ¿¡Cuándo pensabas decírmelo!? —pregunta mamá lobo biliosa.

Debo elegir con sumo cuidado lo que voy a responder a continuación. De todo lo que me pasó ayer, no sé qué es lo que le tenía que decir. ¿Mi butrón emocional en la farmacia de Paco? ¿Torpedear la boda de los Navarro por descolgar el móvil con el muñón? ¿Los berridos que le metí al *hot* náufrago desconocido a unos decibelios que seguro llegaron hasta Manuela Malasaña? ¿Recorrer una calle donde me conocen todos los vecinos con una mano ensangrentada pintada en la cara como si fuese una actriz de George A. Romero? Quizá ha llamado a Coral para preguntarle cualquier cosa (es mi única amiga. Es lógico que mi madre tenga trato cercano con mi única amiga) y ella ya le ha comentado por encima lo de las vacaciones al ver que pasaban los días y yo no me decidía. No. Coral no haría eso. No me haría eso…

¿Cuándo le iba a decir qué de todo?

—No sé, mamá, como estabas ocupada con lo de la abuela no te quería preocupar de más. —Gano tiempo mientras trato de recabar información.

—¿Tú te crees que no me iba a enterar? —pregunta al borde de la cólera. De esto no puedo sacar nada—. ¡Qué vergüenza! ¡Qué vergüenza paso siempre contigo! Y que me tenga que enterar por ahí… ¡Me tienes harta! ¡Tú y lo maleducada que eres! —Vale, descartamos la cagada con los Navarro.

—Pero, mamá… ¡No fue mi culpa! —En este anzuelo tiene que picar mi madre. Siempre me culpabiliza de todo y espera que lo justifique para echármelo en cara.

—Me estás diciendo que vas a la farmacia de Angelines, te pones a gritar a su hijo… —vale, era lo de Paco. Siento un alivio similar al que se debe de sentir cuando descubres cuál de las puñaladas que te dan es la mortal; inútil—, le lanzas caramelos abochornando a la clientela, y ¿no es tu culpa?

—¡Condones!

—¿¡Qué!?

—Mamá, que le lancé condones. Qué caramelos ni qué caramelos… ni que fuera una cabalgata de los Reyes. Condones. Le lancé condones. Once. Uno detrás de otro en su cara de cerrrdo. Porque se ha comportado conmigo como un cerdo.

—¡A mí no me hables así!

—¿Que no te hable cómo? —pregunto desde la indefensión de las que no dan crédito—. ¿Cuándo te vas a poner de mi parte? ¿Sabes acaso qué ha hecho él para que me ponga así?

—Es que si tuvieses un poco de decoro y no fueses tan…

—¿Tan qué, mamá?

—Hija, que nadie se tiene que enterar de lo que tienes con el hijo de Angelines… Que en esta vida se tiene que ser más discreta y no una cualquiera.

—¿¡¡¡Una cualquiera!!!? —digo quitándome el delantal con las manos temblorosas—. Mira, mamá, aquí te quedas…

—¿Adónde te crees que vas?

—¡A algún lugar donde pueda respirar! —grito a pocos pasos de la puerta—. ¡Lejos de ti y de esta tienda!

—¿¡Tú también me vas a abandonar como tu padre!?

Me detengo en el umbral de la puerta. Comienzo a notar sudor en el nacimiento del pelo. Un sudor gélido. Mi cabello es tundra. Las orejas arden como si las palabras que me acaba de lanzar mi madre fuesen una turba de granjeros con antorchas a las puertas de la guarida del monstruo. El suelo se mueve. Siento que ya no guardo una angulación de noventa grados con este. Las manos, agarrotadas. Temblorosas. Tres corazones laten con arritmia en cada uno de los dedos. Mi cerebro manda señales inconexas a un cuerpo que no obedece. Como una perra que solo responde a la voz de su ama. Mamá loba es de esa generación de madres que no saben pedir ni perdón ni por favor, así que hace como si nada. No sé si conocedora de lo excedido de su pregunta o satisfecha por el efecto que ha generado en mí. Comienza a rebuscar entre las cosas como una loba siguiendo un rastro. Huele la sangre...

—Sáhara, el teléfono de los Navarro lo tenías apuntado en la agenda o en el móv... —Detiene su pregunta al encontrar la agenda—. Da igual, aquí lo tengo.

Cuando me dispongo a responder para disuadirla de que los llame con alguna excusa certera, mi madre me da la espalda mientras el teléfono da tono. Después del infortunio de día que tuve ayer merezco que los Navarro no cojan el teléfono. Me merezco tener la vida a favor por un día, por una mañana, por una llamada. Nada. Descuelgan y al otro lado se puede intuir la voz de ella. Mi madre contesta.

—Hola, Carolina. Soy Jacinta, de la floristería de Espíritu Santo. Era para saber si todo va bien con la... —Mi madre comienza a girarse en mi dirección mientras habla.

—...

—¿Cómo? ¿Que al final lo harán con otra floristería? Debe de haber un error... Si mi hija me confirmó que ustedes...

—...

—¿¡Qué!? ¿Que mi hija dijo que su prometido le había sido infiel? Pero eso no puede ser, es imp...

Cuelgan el teléfono dejando a mi madre con la palabra en la boca. La loba herida es la más peligrosa. Quiero hablar y decir algo, pero siento mis labios anestesiados. Abro la boca con más esfuerzo del necesario. Mi madre ni me mira a la cara.

—Mamá, fue un malenten…

—¿Tú qué te has creído, niña? —pregunta con violencia—. ¿Quieres que nos vayamos a la ruina? ¿Eres tan inútil que no puedes hacerte cargo de la tienda ni unas semanas? ¿Ni para eso sirves?

No quiero llorar y me sudan los lagrimales por el esfuerzo de no verter lágrimas.

—Mamá, de verdad que no…

—Sáhara, ¿no querías que te diese el aire? —entona con la seriedad que otorga la decepción—. Pues estarás toda la semana en casa cuidando de la abuela.

—Pero, mamá…

—¡Y ni me hables! A ver si remonto esto. Que lo que no lograron los abuelos tampoco lo conseguirás tú. No vais a poder conmigo —dice como arengándose ella sola—. Toda la semana con la abuela. Vete, y espero que al menos sepas cuidar de una anciana. O ¿ni eso sabes?

—Mamá, por favor…

Mi madre no responde. Me da la espalda. Su silencio me invita a salir. Acepto su invitación. Una vez fuera, cuando aún no he doblado la esquina, suena el móvil. Es un mensaje de mi madre: «Encima ni te has dignado a pedir perdón».

16

Deep like

Busco una canción bajo el escombro y las cenizas,
aullido de lobos, arañazo en la pizarra,
un jarro de nieve que congele tu sonrisa,
una melodía como un hielo en nuestra espalda.

ISMAEL SERRANO, «Busco una canción»

Me meto en la pestaña de «Seguidos» de Instagram. Lara hace cuarenta y cinco minutos ha dado «Me gusta» a cuatro publicaciones de «poemas», por llamarlos de alguna manera. No entiendo en qué momento escribir cuatro mierdas en formato vertical ha pasado a ser la nueva poesía. En la primera imagen, dos líneas asesinan a un árbol para malgastar una hoja diciendo: «Porque de un ámame a un llámame solo hay una "elle" de diferencia. Ella y lla». Mis córneas. ¿En qué momento la poesía se ha llenado de poetuiteros pajilleros? En la segunda publicación, un «poema» de los que buscan el falso empoderamiento de la mujer, como si un hombre les tuviese que dar permiso, con la construcción de «Mujer más algo» tipo: «Mujer pantera, enseña tus garras», «Mujer tornado, tus ojos son huracanes», «Mujer tormenta, precipítate», «Mujer cometa, tú eres tu propio deseo», etcétera. La tercera publicación es un vídeo de un poeta recitando, ¿por qué todos los que hacen ese tipo de poesía recitan así? Como sin ganas, como un dialecto de palabras vacías que solo se pueden pronunciar con un tono solemne. Como una melosidad manoseada que se grita con la misma articulación que un susurro. Un loquendo sumersivo. Cuánto daño han hecho las cámaras frontales de los móviles. La cuarta foto es una publicación del *poeto* libro en mano, con un jersey negro de cuello alto. ¿En el BOE hay un apartado donde indique que el jersey negro de cuello alto es el uniforme de los poetuiteros?

Nerea hace una hora ha comentado cinco fotos de su novio poniendo una letra en cada una de ellas hasta formar «Te amo». Una notificación emergente me avisa de que el teléfono se está calentando. Entro en el perfil del chico. En una publicación sale fotografiándose en un espejo con una mochila puesta dentro de casa y los hashtags: #Sherpa, #Flight, #Travel, #Airport, #Aventura… hashtag payaso. En otra sale tirado en la playa de Papagayo (cómo se le iba a olvidar añadir la ubicación) presumiendo de tableta con la frase «Consecuencias de hacer la croqueta». No, amigo, Consecuencias de ser un subnormal profundo. Mi umbral de vergüenza ajena me permite ver una última foto suya en África rodeado de niños en la que dice «Cuánto tenemos que aprender de ellos». ¿En serio, Nerea?

Iris hace una hora y cuarto ha dado «Me gusta» a media red social sin camiseta. Es una maestra del *deep like*. Posiblemente, cuando esos chicos miren su teléfono verán que sus fotos con mascotas en 2015, ese verano ibicenco en barco de 2016, ese reservado con cubitera y bengalas en 2017 o ese post nostálgico donde dan a entender que ya no tienen pareja y están listos para empotrarte como una estantería Expedit de Ikea han surtido efecto ya que han recibido un corazón de Iris. Buen apetito, Iris. Me meto en su perfil. Entro en la pestaña de «Siguiendo» para contemplar la nueva camada de hombres que habrá comenzado a seguir para enviarme una señal. La señal de que no he valorado lo que otros van a paladear. De que he sido una pérdida de tiempo que tiene que recuperar con carácter retroactivo. Joder, tengo ganas de verla. En mí nace el deseo de recuperar el juguete que me van a quitar de las manos. Miro su última publicación. Está sexy. Le doy «Me gusta». Quito el «Me gusta». Dura solo una milésima. Me jode eones. Recupero la cordura que mi bragueta perra del hortelano a veces esconde bajo tierra. Se me pasa. Observo su lista de «amigos». Veo que ya no me sigue. La dejo de seguir. Seguir. Es mucho mejor así, que cada uno siga con su camino. Que deje de ser la rueda fija del carro del supermercado que jode la dirección y dificulta seguir a las demás.

Sonrío. Una sonrisa vencida. Una sonrisa con más de nariz que de boca. La admiro con derrotismo en el espejo de la habitación. Es una sonrisa que está muy lejos de acercarse a la que me salió el otro día al hablar con «Coral».

En el buscador de Google escribo «cuántas mujeres con nombre Coral hay en España», el resultado me redirige a una herramienta del INE. Introduzco «Coral». Me dice que hay siete mil ciento quince mujeres con ese nombre. Que siete mil ciento dieciséis no aguantarían a alguien como yo. Que Coral en España tiene una media de edad de 24,6 años. Que yo debo de tener una edad mental de quince por cotillear así por redes y debo parecer un perturbado similar al protagonista de *You*. Que en la Comunidad de Madrid un 0,25 por ciento nacieron con el nombre de Coral; es decir, hay diecisiete casi dieciocho Corales en Madrid y una de ellas me hizo sangrar y reír. Todo en el mismo día.

No sé si estoy buscando lo mismo de siempre. Solo sé que me encuentro diferente.

Entro otra vez en Instagram y en el emoticono de la lupa pongo su nombre: «Coral». Entro en el primer resultado. Coral Roces. Pone que es artista. Eso estaría por ver. Un enlace a su última *cover*. Ojos ahumados. Trenza larga y posado de espaldas. Se nota que está orgullosa de su culo. Tiene criterio, pero no es ella. Entro en el segundo resultado. Coral MRD. Frase motivacional *carpe diem*, rubia. Última publicación, un vídeo en el que sale del mar como quien abre las aguas. No es ella. Entro en el tercer resultado. CorALAine. Ya huele a intensidad desde aquí. Me cuesta ver su cara porque en todas las publicaciones se tapa el rostro con el móvil poniendo el brazo en jarra como si se tuviera que sujetar la cadera. Seguro que no es ella. Cuarto resultado. Cuenta verificada. Coral Vivero. Esta es la de *La voz del forofo*. Hubiese sido una simulación haberle llevado hummus a Coral Vivero. Tiene el atractivo del desparpajo, de la que se sabe sacar partido sin maquillarse como una puerta. Curvas naturales. Pocas mujeres he visto a las que le quede tan bien el pelo corto. Pelo negro tirando a castaño. En cada publicación se la ve con ropa suelta, como si quisiera dejar claro que no es el vestido ceñido que le endosan en el programa. Sigo ojeando sus publicaciones. Siempre brindando. Siempre celebrando. Siempre con amigas, como la chica que tiene al lad... ¡Joder! Es ella. ¡ES ELLA! De las diecisiete casi dieciocho Corales que hay en Madrid, ¡¿dos son amigas?! No, no podría ser. Implosionaría el INE. Tuvo que hacer el pedido desde la cuenta de la presentadora. Tiene más lógica. Entonces ¿cómo se llama? La tiene etiquetada. Miro el nombre: *SaharaenFlor*. Intento ver su perfil. Lo tiene privado.

¿Sáhara? ¿Ese es tu nombre?

17

La trampantoja Concha

Took the get well soon cards and stuffed animals
Poured the old ginger beer down the sink
Dad always told me, «Don't you cry when you're down»
But mum, there's a tear every time that I blink

ED SHEERAN, «Supermarket Flowers»

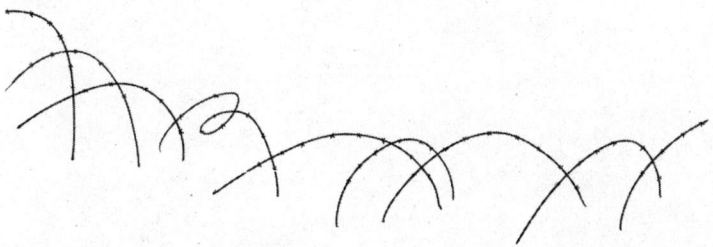

La trampantoja Concha

Llevo toda la semana con la abuela y he ido a buscarle su churrito con dos porras de cada mañana para mojar en su manchado con leche entera caliente en vaso de cristal. Es diabética, pero atrévete tú a quitarle su churrito y sus dos porras de cada mañana.

Mi abuela Concha es como los cafés de los bares servidos en vaso de cerveza con su logo. Un trampantojo. En el fallecimiento de mi abuelo Narciso no lloró. Ni durante todo su cáncer ni en el hospital ni en el tanatorio ni en el entierro ni a la hora de recepcionar los pésames en dos tiempos ni contagiada por nuestros lloros como quien ve bostezar. No lloró. Cualquier *voyeur* sin un ojo familiarizado diría que ella no quiso a su marido. Si puedes leerla como yo, sabrás que ese día pulsó el botón de apagado y desde entonces celebra morir un poquito cada noche como una pequeña victoria doméstica. Un trampantojo. Y así lo es con todo.

—Lita, ya estoy en casa —la saludo intentando cerrar la puerta con el talón—. Que sepas que he tenido que pelearme por el último churro. En algún momento deberían investigar por qué en Lavapiés prefieren los churros a las porras.

—Es que, en ese bar, los ancianos hacen cola para coger los primeros churros, los recién hechos están más buenos. Luego se nota más el aceite que otra cosa —justifica acercándose por el pasillo lentamente con muletas.

Nada más operarse de la fractura de cadera, la abuela Concha tuvo que empezar a dar pequeños pasitos con las muletas y el andador para evitar posibles complicaciones como la rigidez o la inmovilización. El médico le comentó a mi madre que valorase la posibilidad de meterla en una residencia para ayudarla en su rehabilitación rodeada de especialistas. Ni el orgullo de mi abuela ni el bolsillo de mi madre estaban por la labor.

—Anda, que te ayudo a sentarte. —La acomodo en su eterno sillón verde. Verde como su bata perenne—. Espera, que voy a por el café.

—¿Adónde quieres que vaya, japuta? —pregunta con sorna—. Ya que vas, tráeme el azucarero.

—Litaaa.

—¿Qué? Si me voy a echar solo un poquito. Para endulzar la mañana. Ya me he pinchado.

—Como se entere tu hija, la bronca al final me la como yo.

—A estas alturas ya es más tu madre que yo la suya.

—No, Lita. Para todo lo que hagas o líes que termine degenerando en bronca, castigo, reprimenda o medida cautelar hacia mi persona, es más tu hija que mi madre. Que bastante la he liado ya por cuenta propia —le aclaro echándole en el café dos azucarillos—. ¿A qué hora viene el fisioterapeuta?

—¿Mateo? Ahora viene a las doce de la mañana, así que limpia un poco el polvo para adecentar la casa. Que no parezca que tengo síndrome de Diógenes y me tengan que encerrar en una residencia.

—Antes de que te despertaras ya he limpiado la casa de arriba abajo —apunto. Cuando no puedo conciliar el sueño, me ayuda tocarme o limpiar. En casa de mi abuela las paredes son de papel y yo no tengo sordina, así que opté por lo segundo.

—Pues no lo parece.

—Anda trae —le replico pidiéndole las gafas—. No sé cómo puedes ser tan marimandona con la limpieza y llevar las gafas tan sucias —le recrimino mientras utilizo mi camiseta como gamuza. He salido a ella.

—Veo bien, es solo que tengo la vista cansada.

—¿Vista cansada? Ja, ja, ja.

—Sí, sinvergüenza, vista cansada. Si todavía siguiese vivo tu abuelo, te diría que mi vista se cansó de la vida antes que yo.

—Vista cansada, lástima vigoréxica.

—Ya estamos con los dramas...

—Es la verdad, y no limpies las gafas con la camiseta que me las arañas.

—Pues, si quieres, cuando esté el fisio en casa bajo a la farmacia a comprarte un par de gamuzas y te las limpio.

—No te vayas y me dejes a solas con Mateo, ¿eh? —responde temerosa. Lita Concha no se fía de nadie. Ni de su nieta siquiera. De pequeña me pedía el cambio restante cuando me mandaba a por el pan y comprobaba el estado de las dos barras para ver si me había comido el pico—. Ya vas luego a la farmacia. Por cierto, he hablado con Melquíades...

—¿Melquíades?

—Sí, el farmacéutico. Es amigo mío. Me ha dicho que le lanzaste a su nieto apósitos para ampollas.

En qué momento me lie con Paco. La historia con él se estaba estirando más que la casa de Ana Frank.

—Condones.

—¿Qué?

—Lita, que le lancé condones.

—Joder, cómo estamos... JA, JA, JA. Bueno, algo de pollas era JA, JA, JA.

Así es ella. Mi abuela quiere morirse un poquito cada día, pero que la muerte la pille sonriendo. Solo dos cosas le arrancan la carcajada de villana de película: el humor verde en todas sus formas y dimensiones y ver cómo un familiar se da un golpe. Mi vida era combustible para su disfrute.

—¿Pues sabes qué te digo? —musita soplando el vaso de café—. Que ese chico, Paco, parece un poco alelao, ¿no? Como si tuviese una tara. Se parece al que se presenta a las elecciones del PP...

—¿A Almeida? Joder, abuela. No tienes la vista cansada, la tienes clínicamente muerta. —Mierda. Me acabo de dar cuenta de que se da un aire. Disimulo—. Pero lo de la tara me lo ha dicho todo el mundo, sí. Lo inaudito es que no me diese cuenta antes...

—Pues, entonces, hiciera lo que te hiciera, lo tiene bien merecido. —La gran diferencia entre mi madre y mi abuela es que a ella se le escapaba la empatía entre reproches. La admiración entre castigos. La vida entre certezas. Es algo que noté desde mi niñez. Me quería libre pero consciente del peligro. No quería que me pusiera en sus zapatos. Me ponía los calcetines y me pellizcaba sin querer al subirlos con sus uñas rojas. No me castigaba por romper los pantalones. Me regañaba, pero luego me dejaba elegir mi parche favorito. Ella nunca me quiso a su manera. Me quería aceptando la mía a regañadientes. Lo que yo te diga, mi abuela es un trampantojo.

—Yo no sé qué hago que todo me sale mal —le digo preparándome un café ahora para mí.

—¿Con la vida o con los hombres?

—Con la vida, Lita. Lo de los hombres ya es batalla perdida. El domingo casi ligué con el repartidor que me trajo la cena. Fíjate el grado de desesperación.

—¿Era guapo?

—Lita, ¿tú me escuchas?

—La vista la tendré cansada, pero el oído lo tengo finísimo, Sáhara —responde, y se mete el churrito entre pecho y espalda casi sin masticar. Tengo miedo de que su dentadura postiza salga disparada como un resorte; a la misma velocidad que su lengua sin amortiguador—. Lo digo porque la vida viene fea de serie. Viene muy fea. Así que por lo menos habrá que alegrarse la vista de vez en cuando con lo que nos traiga.

—¿Para que no se canse, Lita?

—Para que vivir no sea lo mismo que desfallecer. —Mi abuela es capaz de disparar certezas a diestro y siniestro sin dejar de mojar una porra en el café.

—Era guapo.

—Ya sabía yo. Si no, ¿para qué lo ibas a meter en la conversación? Con tal de que no se parezca al carapol…

—Litaaa.

—Pues el domingo me llevas a votar, ¿eh? Que ellos, aunque se arrastren como ratas, seguro que en casa no se quedan —clama mientras finaliza su segunda porra.

18

Jornada de reflexión

Se me cayó un diente, me miré al espejo,
me dio mucha risa, parecía un viejo,
pero esa misma noche, mi diente yo lo puse
debajo de la almohada y verá lo que pasó.

¿Qué pasó?
¿Qué pasó?
Que vino el Ratón Pérez y se lo llevó.

CANTAJUEGOS, «El Ratón Pérez»

(Burger King, calle Bravo Murillo, 119).

—¿Número?

—90070. —Apunto a la cajera de la hamburguesería rodeado de otros compañeros de mi gremio accidental. Cada uno de una empresa diferente, con logos diferentes, a cada cual más feo. Uniformados con combinaciones de colores irrepetibles como si fueran los abanderados en la ceremonia de apertura de los Juegos Olímpicos, tristes, todos portando la misma cara grisácea.

—Aquí tienes —responde mientras mete la cena de alguien que no me importa en una bolsa de papel que no soporta. Un «aquí tienes» desprovisto de humanidad. Dicho por obligación, como cuando los padres obligan a sus hijos a pedir perdón por escupir a otros.

—Gracias —agradezco cálido mientras meto la bolsa de papel grasienta en mi mochila con sumo cuidado para que no se rompa—. Que tengas un día llevadero —finalizo mirándola a los ojos, intercambiando su desdén laboral con mi azote de los buenos deseos sinceros. Su vida asqueada por mi cortesía bárbara. Sus piedras por carbón dulce. El resto de mis compañeros de gremio accidental me miran con cierto rechazo. Hablo demasiado como para que se me sujete la careta. Saben que no soy de los suyos. ¿Quién me habré creído que soy?

(Salgo tomando la glorieta hacia Raimundo Fernández Villaverde).

En casa guardo una guitarra a la que le falta una cuerda. La heredé de mi padre sin saber tocarla. Tengo un juego de cuerdas que nunca aprendí a poner. Lo mismo me pasa con la vida, que ni sé dónde ponerla ni mucho menos cómo usarla.

La vida y sus tiempos. Dicen que el tiempo no perdona, pero solo sé agradecer su ausencia en los pequeños ratos libres que me quedan. A la cajera le ha sorprendido que vaya por ahí dando las gracias y deseando que el día no se le ponga muy cuesta arriba. Por la zona de Tetuán el deseo escasea y Bravo Murillo es un meridiano de Greenwich donde nadie levanta las manos cuando se sobrepasa. Una línea que separa al rico del pobre. La casa baja del rascacielos. Las casas de apuestas del distrito financiero. El tiempo es oro y no se puede perder a la ligera dando las gracias o deseando días llevaderos.

(Giro a la derecha por Ponzano y, a la primera, giro a la izquierda por la calle Maudes).

La cultura va por barrios y se comprueba en sus terrazas. En Halloween calabazas, en Navidad muñecos de Papá Noel cometiendo allanamiento de morada, y en estas semanas previas a las elecciones la cara de Carmena o Almeida. Cada uno se abandera con su mentira favorita. Nada envejece peor que los carteles electorales de los que no han ganado. Como las banderas al sol. En una misma terraza la bandera de España y la del Atlético de Madrid. El capricho del sol quiso que se tiñese la española de un rojo pálido desprovisto de riqueza y que la colchonera amarillease hasta parecer la bandera catalana. Justicia poética.

Cada uno intenta identificarse con la forma como puede y no solo en las alturas. En las terrazas de los bares, pulseras con la banderita de España y el odio como lengua cooficial. No todas las sogas están en el cuello. No sé quién me habré creído que soy, pero agradezco no ser como ellos. ¿Sáhara será de los suyos?

(Giro a la derecha para entrar en Alonso Cano y busco el número 84. Pulso 3.º B).

—¡¿Síí?! —contesta una voz cazallera.

—Traigo su pedido de TraiGO.

No contesta, solo abre la puerta.

Desde dentro del portal ya se escuchan los gritos. La misma voz cazallera gritando y dando golpes. El llanto asustado de los niños se escucha amplificado. Sé que es ese piso. Cierro los puños tan fuerte que rompo el asa de la bolsa de papel grasiento. Reacciono rápido y evito que se caiga al suelo todo. Subo por las escaleras. No quiero dejar de escuchar los gritos, golpes e insultos. No quiero dejar de alimentarme de la furia. Ya estoy en el primero. Esa voz es como la de mi padre. Una voz rota, beoda. Ese timbre etílico. Esa oscuridad esponja que permite tratar a los hijos como vomitorios o sacos de boxeo. Ya estoy en el segundo. La dieta del zarandeo. Siento un hormigueo en el maxilar inferior de tanto apretar los dientes. Mi padre dijo que era un diente de leche y que ya lo tenía flojo. Que el empujón había sido sin querer. Que era culpa mía por enfadarlo. Que así aprendería a no tocarle los cojones ni a estar siempre por medio. ¿Y si este hombre ha hecho algo similar a sus hijos? Siento que se me van a subir los gemelos de la tensión. Imagino doscientos futuros cercanos y en todos le abro la cabeza a este hombre en cuanto lo vea detrás de la puerta. Te voy a destrozar la cara, desgraciado... Y, si lo hago, ¿cambiará algo en su trato hacia esos niños? Y, si lo hago y denuncia, ¿cómo explico que no soy Nicolás? Y, si denuncio yo y tengo que testificar, ¿cómo justifico que estaba suplantando una identidad por ayudar a alguien mientras se recupera de una operación porque no dispone de otra fuente de ingresos y tiene una familia que mantener? Nicolás sí que es buen padre. No puedo hacerle esto.

Llego al tercero. El hombre está en el quicio de la puerta. Ha abierto lo justo para que solo lo vea a él. Es corpulento. Pelo azabache con demasiada grasa. Aliento acorde a su mirada afectada. Sería fácil hacerlo caer de un golpe certero.

—Su pedido. —Quiero sonar cordial. No lo consigo. Le doy la bolsa con un asa rota y los nudillos blancos de tanto apretar.

—Oye, jefe, ¿tú te crees que así se trata a los clientes? —pregunta desafiante—. Si estás jodido con tu curro, haber estudiao, pero no lo pagues con los que te damos trabajo.

Cierra la puerta. «Encima querrá que le ponga buena valoración el panchito este», le escucho dentro de casa.

Miro al suelo impotente. Las baldosas hierven. No sé si quedarme unos segundos más hasta comprobar que no vuelven los gritos. ¿Y si le da por mirar por la mirilla? Mejor me voy. Antes de despegar la vista del suelo me fijo en el felpudo de la casa. En él dice:

Reglas de la casa:
Prohibido entrar el mal humor.
Sé feliz. Ríe a diario.
Sé amable. Da muchos abrazos.
Y di «gracias» y «por favor».

Los felpudos y la inocencia de los niños son las únicas banderas que el hombre se permite pisotear.

19

Día de elecciones

(1.ª parte: Apertura de los colegios)

Love, don't vote for labour
Please don't vote Tory
Vote for my love
Love, don't vote for labour
Please don't vote Tory
Vote for my love.

Amaro Ferreiro, «Vota al amor»

Hoy es el día. Soy uno de los quinientos treinta y cinco mil españoles que deberán asistir a los colegios como funcionarios por un domingo. Un secuestro exprés durante once horas bajo pena de cárcel si no cumplimos nuestro papel en la fiesta de la democracia. La jornada del patriotismo desechable. Del estand vacío en la sección de chorizos. De acudir a las mismas escuelas donde aprendimos valores para olvidar que votamos para acreditar mentiras. De niños cambiábamos el mundo en pequeñas charlas de papelera sacando punta infinita a nuestros lápices. Hoy, envejecidos, volvemos a las mismas aulas para tirar el futuro a una basura con forma de urna. Hoy es la jornada de mentes cerradas. De los nombres tachados en el censo. Del robo escrutado. Del rechazo gritado en la mirada, pero el voto secreto de cancel.

«Si tiene menos de setenta años y sabe leer y escribir, le puede tocar», siempre me decían y, hasta que no se personó la policía en la puerta de mi casa para firmar una carta certificada, no sabía si me hablaban de un cáncer, de que me alistara a una guerra o de ser vocal en una mesa electoral.

A las ocho de la mañana los colegios sin niños son cárceles huérfanas. Prisiones de papel albal sin pulgares que indiquen hasta dónde morder.

Llego cinco minutos antes de la hora prevista y entrego el papel que me dio la policía. Nada ocurre. Tampoco esperaba una palmadita en la espalda. Pasan otros cinco hasta que el miembro de la junta electoral pronuncia mi nombre y me señala la clase a la que debo ir. Al entrar en el aula, encima de las urnas, hay una caja marrón con una dimensión considerable. A los lados, mis otros dos compañeros de mesa. Una chica joven con una camiseta de La Maravillosa Orquesta del Alcohol que aparenta tener menos ganas que yo de estar aquí y un hombre repeinado con gafas de pasta que parece que está empalmadísimo por cumplir con su obligación como ciudadano. Me mira efusivo celebrando mi llegada.

—¡Muy buenos días! Tú debes de ser el vocal que nos faltaba; casi no llegas, ¿eh? —me saluda a unos decibelios no permitidos un domingo a estas horas. Se acerca con intención de abrazarme, mi rictus serio lo ahuyenta. Tiene cara de ser la típica persona que plancha la sábana bajera de la cama. Un *serial killer* de manual. Una mezcla de *American Psycho* y *El milagro de P. Tinto*—. Soy Gerardo, ¡vuestro presidente durante once horas! Ja, ja, ja. No os preocupéis porque ya me ha tocado estar en una mesa y tengo experiencia. La primera vez estuve un poco embajonado porque fui como segundo suplente del primer vocal. Imaginaos... Era algo que llevaba esperando desde los dieciocho años. Hice una encuesta entre mis amigos y todos me dijeron que no me hiciera ilusiones porque siendo segundo suplente del primer vocal era imposible que me tocase. En casa me decían: «Gerardo, no te puede tocar», pero dijeron mi nombre y... ¡Buah! Es lo que tiene cumplir con el deber cívico.

Miro a la chica en busca de algo de cordura. Por su lenguaje no verbal me hace saber que tampoco lleva tanto tiempo a solas con él como para acostumbrarse a la vergüenza ajena. Gerardo parece darse cuenta.

—Bueno, estoy hablando demasiado. Tomad, os he traído cruasanes y un termo con café por si no habéis desayunado, que en las anteriores elecciones no nos trajeron ni agua y nos hará falta estar con energía. ¿Cómo te llamas?

—Ciro.

—¿Ciro? ¡Ostras! Vaya nombre más curioso. Eres el primer Ciro que conozco en mi vida. ¿Quieres café?

—Sí, por favor —respondo mientras alcanzo un vaso de plástico. Espero a dar el primer trago de café amargo para contestar—. Mi madre es la típica que busca el origen de los nombres y cree que los bebés se convertirán en eso. Vio que el mío significa «el que lo ilumina todo» y le pareció buena idea joderme la infancia.

—Pues yo me llamo Aurora —interrumpe la chica con la camiseta de La MODA con un tono que no sé si es un intento de socializar, de ligar conmigo o de hacerse notar para no sentirse desplazada. Sus mejillas sonrojadas hacen honor a su nombre. Su camiseta amplia no hace justicia a su figura.

—Encantado, Aurora. Tú muchas ganas de estar aquí como que no tienes, ¿no? —le pregunto, y doy el segundo trago al café amargo. Este ha sabido mejor.

—Yo era suplente. Cuando la mujer de la administración dijo mi nombre intenté objetar. Ella me dijo que no podía. Y le respondí que entonces me pondría a leer todo el día sin hacer caso, a lo que ella contestó que si lo hacía me tendrían que mandar a casa, y eso era lo mismo que si no hubiera ido, a lo que añadió, mirándome a los ojos: «Y, además, tú no te vas a quedar sentadita mientras dos personas hacen tu trabajo, no me lo creo, me basta mirarte a la cara para saber que no eres capaz de eso». Y aquí estoy. De todos los colegios electorales me ha tocado el único donde la mujer de la administración sabe ver el alma de las personas.

—Qué putada. Por curiosidad, ¿qué libro habías traído? —le pregunto mientras cojo un cruasán.

—*Rebelión en la granja.*

—Ja, ja, ja, viva la sutileza. Yo tampoco tengo ganas de estar aquí, pero ya verás como lo haremos llevadero.

—No sé por qué estáis tan desanimados —interrumpe Gerardo *serial killer*—. ¿Acaso no votáis?

—No.

—Nop.

—Pues qué pena. Me da pena que la gente esté tan lejos de la política porque afecta que la juventud se aleje de la democracia. A mí me gusta mucho votar, siempre voto, me parece importante. Me leo los programas de todos los partidos. A veces cambio mi voto, no os creáis que soy una persona que siempre vota lo mismo y porque sí, no. Yo voy leyendo. Veo por dónde tira cada uno. Me leo el argumentario de todos los partidos. Mirad a nuestros mayores. Ellos siempre votan. Mucha gente mayor vota porque es consciente del privilegio. Ahora hay que votar más que nunca. Votar por los que no pudieron.

—¿Y a quién vas a votar? —le pregunta Aurora verdaderamente interesada.

—Ah, no. El voto es libre y secreto —responde orgulloso, como si llevase todo el día de ayer ensayándolo frente al espejo.

—Gerardo —lo miro y lo agarro de los hombros—, por eso eres nuestro presidente.

20

Día de elecciones

(2.ª parte: Sondeos a pie de urna)

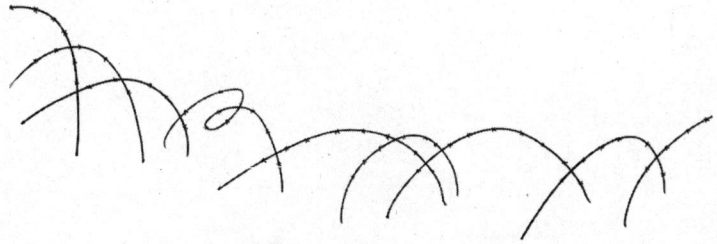

—Pero ¡cómo no va a aparecer el nombre en la lista, niña! Seguro que no has mirado bien.

—Lita, que lo he buscado dos veces seguidas y te prometo que no sale.

—¿Has buscado por la calle Salitre, 42?

—Sí.

—¿Concha Loredo Flores?

—¡Sí!

—Y ¿nada?

—¡Nada!

—¡Eso es imposible! No me creo que ni esto sepan hacerlo bien. Que será meter los datos en un programa y darle al botoncito ese de imprimir las hojas, coño. Que lo sé hacer hasta yo y eso que tu abuelo era el único que conseguía encender el ordenador. Una panda de inútiles y vagos; eso es lo que son. Una...

—Espera.

—¿Qué ocurre ahora?

—Que hay dos hojas.

—¿Y no las había antes?

—Sí. Pero una con los apellidos de la «A» a la «K» y otra con los apellidos de la «L» a la «Z» —le aclaro mientras busco con el índice sobre el folio mal pegado en la puerta su apellido—. Mira, «Loredo Flores, Concha. Aula 3.º B». Lo tenemos.

—Ya comienzas a tener la vista cansada como tu abuela.

—No empieces Lita… —le contesto, y la ayudo a subir la rampa adaptada del colegio con el andador.

Los colegios electorales a las doce de la mañana son el *after* de las iglesias. Una feria de yayos donde muestran cómo han crecido sus nietos como si fuera una lonja. Al kilo.

—¡Qué alegría verte, Concha! —la saluda un señor con peluquín posando su mano sobre la de mi abuela—. A ti ni la cadera te deja en casa, ¿eh? ¿Esta es tu nieta?

—Hola, José Luis. Pues aquí estamos… No me voy a quejar como esas viejas que solo hablan de lo enfermas que están. A mí me tienen que atar con bridas a la cama para que no salga a votar. —Responde con fuego en la mirada como si fuese a dar un mitin—. ¿¡Has visto cómo ha crecido mi Sáhara!? Ya es toda una mujer —aclara mi abuela, que me mira como si fuese un solomillo en oferta.

—Madre mía. Tú no te acuerdas de mí, ¿a que no?

—Pues… Era muy pequeña, ¿no? —Intento justificarme en busca de comprensión mientras agoto recursos y esfuerzos en no mirar fijamente a su peluquín.

—Eras una renacuaja. Yo era el portero del primer piso donde vivíais y cada vez que te saludaba me dabas una patada en los cojones.

—Dios, ¿en serio? —Gracias a la vergüenza que estoy pasando con carácter retroactivo me olvido por unos instantes del peluquín.

—Sí. Desde ya muy pequeña tenías un genio que pa qué.

—¡Pues como su abuela! —aclara mi Lita a un volumen del que quiere hacer partícipe a todo el pasillo—. Bueno, José

Luis, te dejo que tengo que poner un poco de orden entre tanto facha.

—Concha, no te preocupes que es imposible que salga Almeida.

—No me fío, que nadie es de derechas, pero cuando hay que votar todos salen de su cueva.

Como si de la ley de la atracción se tratase, un interventor del PP con su tarjeta identificativa atada a su colgante azul se acerca a mi abuela como el lobo que huele la sangre.

—Muy buenos días. ¿Ya sabe a qué aula tiene que acudir? Si quiere, la ayudo.

Mi abuela le va a mandar a la mierda usando el idioma de la verdad. Veo cómo su diafragma se empieza a hinchar. Su espalda se despega del respaldo. Sus uñas rojas se clavan en el reposabrazos. Decido hablar por ella.

—¡No! Digo… no, no hace falta. Muchísimas gracias, pero ya sabemos qué clase nos toca. Muy amable.

Se muestra sensiblemente contrariado al ver que hablo por ella. En ningún momento intenta establecer contacto visual conmigo. No quiere soltar la presa y no sabe que mi abuela aquí es la depredadora ápex. Predator con el pelo cardado.

—Ah, vale. Pues, señora, si quiere que le acerque la tarjeta con el sobre, solo tiene que pedírmelo, que estando así —dice mirando el andador— hasta que no la haya ayudado no me quedaré tranquilo.

—¿Sabes cómo me quedaría tranquila? —pregunta mi abuela con el mismo timbre con el que hablan los que tienen un cinturón de explosivos.

—Dígame e intentaré hacerlo posible, ¿qué intentar? ¡Lo haré posible!

—Qué tú y todos los «tuyos»… —Se viene.

—Eeeh… Nos deis un poco de espacio. Es que tengo agorafobia y con tanta gente empiezo a sentirme agobiada —interrumpo con una media verdad. En condiciones normales estaría muriéndome por dentro con picores por todo el cuerpo al ver las partículas microscópicas de saliva que salen de la boca de cientos de personas en un lugar cerrado. De todas las manos estrechadas sin lavar. De todos los pares de besos dados en las mejillas tras el desayuno sin lavarse los dientes ni enjuagarse con colutorio. Estaría sin aire, pero la vergüenza que mi abuela me hace pasar hace que me olvide hasta de quién soy.

El interventor, ante el temor de que me desplome por su culpa y en los titulares asocien mi desmayo con el Partido Popular, cesa en su empeño.

—Perdona. No, mmm…, no me he dado cuenta. Pues, ahora que lo dices, un poco pálida sí que estás —dice soltando la pulla. «Estoy pálida porque vivo en una tienda, gilipollas»—. Toma —añade mientras saca una piruleta azul con el logo del PP—. Seguro que con el azúcar recuperas un poco el color.

—Gracias —me despido viendo cómo se aparta a nuestro paso.

—Como te metas esa piruleta en la boca te desheredo —dice mi abuela bajando revoluciones.

—Pues era guapo, Lita.

—Esa es la trampa de los partidos de derechas. Los buscan guapos y jóvenes para embaucarte. ¿Tú te crees que los guapos miran por algo más que no sea su ombligo? Los guapos hacen cosas de guapos: ganar dinero y no repartirlo. Todos, como para ponerles un piso.

—¿Todos, todos?

—Bueno, todos menos Almeida. Con ese lo único que se busca es tener a un cuñao de bar en el ayuntamiento —contesta gritando a modo de venganza al ver cómo su nieta es una perra del sistema por aceptar dulces de desconocidos… de la derecha.

—No creo que todos los guapos miren por su ombligo —apunto al mismo tiempo que la imagen de Nico, ese repartidor particular, se pasa por mi mente sin pedir permiso. Parece que mi abuela Concha sabe leerme el pensamiento.

—Tú repartidor buenorro no cuenta. Ese no tiene dinero.

Entramos en el aula; la cual consta de un cuadrado diáfano con tableros de corcho, islotes de chinchetas que sujetan folios de dibujos de *Pokémon* medianamente bien pintados, mapamundis, anatomías del cuerpo humano y mesas superpuestas que parecen custodiar las mesas con papeletas y sobres. Dentro de este cuadrilátero, dos filas paralelas de autómatas como caminantes blancos aguardan que les toque su turno mientras creen que cambiarán el sistema. A la cabeza de toda esta marcha fúnebre, dos mesas con una urna y tres personas completan este circo. Ya me jodería que me tocara estar en una mesa electoral. Míralos, vaya cara traen los pobres. Bueno, el que está en el centro con gafas parece que está encantado de la vida, pero la chica de la derecha parece que se va a hacer el harakiri, y el chico de la izquierda lo mism… ¡Venga ya! ¿¡Es él!?

21

Día de elecciones

(3.ª parte: Escrutinio de voto)

Día de elecciones

(3.ª parte: Escrutinio de voto)

—Pero ¿qué haces aquí?

—¿A ti qué te parece?

—Pues, Nico, pensaba que estarías en casa descansando sin retrasar tu recuperación —le ataco al verlo andar con muletas.

Me alegro de verlo. En los sitios en los que uno no quiere estar valora más la aparición inesperada de caras amigas. Apariciones sin el aplauso sordo de las series estadounidenses de los noventa, pero con más verdad. La vida tiene más de cameos que de figurantes que miran a cámara. A Nicolás lo acompañan su mujer y sus dos hijas. La mujer tiene una bondad personificada que se nota en la cara. Lo vi en cuanto la conocí. Es el candor encarnado. Hoy viene con un vestido rojo de flores que parece salida de un pícnic. Nico tiene suerte. Las dos hijas, no tanta. Han salido con la cara de su padre.

—Chicas, saludad a Ciro. Ciro, te presento a María Florencia y a Stella.

—¡Hola, Ciro! —dicen al unísono—. ¿Hoy no trabajas con papá? —pregunta curiosa la más pequeña de las dos.

—Hola, chicas. Hoy vuestro papá me ha dado el día libre. Fijaos si es bueno —justifico para seguir el juego de su padre, aunque lleva un tiempo siendo lo más parecido a un jefe para mí.

Y un amigo—. Hola, Gabriela. Tu marido no se puede estar quieto ni los domingos, ¿no?

—Ay, Nico, ¡cómo lo conoces ya! Bastante hago para evitar que salga. Si por él fuera, saldría de casa hasta con la pierna colgando.

—Gabriela, no exageres, que muy bien me estoy portando —se excusa Nico como puede.

—Por una vez en la vida que estás tranquilo y manso, ¡por una vez que paras quieto, Gaviotín!

—¿Gaviotín? —le pregunto al borde del descojone mientras miro a Nicolás como si hubiese encontrado oro.

—Sí, Gaviotín. Porque es como el gaviotín ártico. Como un charrán que nunca para de volar.

—Gabriela, no le des armas a este cabrito —señala Nico. Ya es demasiado tarde—. Anda, dale el detalle. Votamos y nos vamos, que si no los de detrás se nos van a echar encima.

—Nico, porque esperen un poco más no pasa nada, que hasta hace diez minutos estaba todo muy tranquilo.

—Ya, pero nosotros venimos de fuera y últimamente los ánimos están un poco raros. Había un pelao de VOX con la tarjeta atada con la bandera de España que... Si las miradas mataran, ya no tendrías que esperar a que se me curase la rodilla —musita con temor a que lo oigan—. Venga, Gabriela, dale el dulce y nos vamos.

—¿Dulce? —creo que quien ha preguntado ha sido mi tripa rugiendo. Tendré una complexión delgada, pero para el dulce dispongo de un segundo estómago. Uno con doble fondo.

—Sí, he traído para ti y para tus compañeros —dice sacando una bolsa—. Son...

—¡Dulces de leche! —grita Aurora sin ningún tipo de mesura—. Es mi postre favorito... Eh, perdón... Muchísimas gracias.

—Bueno, os presento a Aurora y su filia por los dulces de leche que ya la habéis conocido —digo señalándola como si fuese un árbitro de boxeo—. Y a Gerardo, nuestro presidente y mejor ciudadano.

—Hola, gracias por el detalle —responde Gerardo, y recoge la bolsa con una sequedad que inunda toda el aula—. Vuestro DNI, por favor.

—Ah, eh… Aquí tiene —dice Nico un poco paralizado por la bordería de Gerardo. Yo también flipo un poco. Llevo dos horas con él y no se había portado así con nadie. Nico saca su documento de identidad y se lo entrega.

—«Nicolás Sosa Gómez. NIE Y48373852L». —Lee Gerardo en alto mientras Aurora, con una regla y un bolígrafo, tacha su nombre del censo. No todas las guillotinas son verticales—. Puedes meter el voto —completa Gerardo mientras lo ayuda a meter el sobre en la urna. No todas las bofetadas son horizontales. Intento calmar los ánimos.

—Nico, ya has votado más veces que yo.

—Así nos va… —ironiza Gerardo. Aurora mira a otro lado. La incomodidad que sienten Nicolás y su mujer traspasa la mesa.

—Bueno, Ciro, luego te llamo —dice despidiéndose con la muleta en alto como una extensión de su mano—. ¡Despedíos, niñas!

—¡Adiós, Ciro!

—Adiós, chicas. Adiós, Gabriela. Adiós…, Gaviotín.

—Cabrito… —finaliza indignado Nico conocedor de que habrá Gaviotín ártico para rato.

—Que tengáis un buen día.

—¡Y gracias por los dulces de leche! —se despide gritando Aurora como en los finales de los reportajes de *Callejeros viajeros* cuando la cámara se aleja.

Veo marcharse a la familia. Me giro a Gerardo.

—Gerardo, ¿se puede saber qué acaba de pasar? —le pregunto queriéndome aferrar a cualquier tipo de justificación que me dé para creer que no va por donde va.

—Nada… —me responde. Da un paso hacia atrás y recula a una postura defensiva.

—Pero ¿tú has visto cómo le has tratado? Que parece que te daba algún tipo de reacción alérgica.

Le quiero abrir la crisma, la cola de votantes sigue.

—«Lorena López Casamayor, DNI 08036463-T»… De verdad, que yo no tengo problema con él ni con ninguno de los suyos…

—Bueno… —suelta Aurora con los ojos en blanco mientras tacha el nombre de Lorena de la lista.

—Esto va a estar bien, ¿quiénes son los «suyos»?

—Ciro, déjalo. No merece la pena ponerse así.

—No, Aurora. No pasa nada. Solo quiero saber su opinión.

—Ya puede meter el voto en la urna —le pide Gerardo a la votante—. Ciro, con los inmigrantes. Desde que están el barrio es menos seguro. «José Antonio Cuenda Rodríguez, DNI 49094038-H».

—Mira, Gerardo… —Respiro en busca de enchufes libres en el aula donde cargar mi paciencia, que empieza a agotarse. No sé cuántos votos habrá en la urna, pero si se está rifando una hostia Gerardito tiene todas las papeletas. Tacho el nombre de José Antonio de la lista—. ¿Tú eres padre, Gerardo?

—Ya puede meter el voto en la urna… Sí, soy padre. De un niño de once años.

—Y, si no es mucha indiscreción, ¿trabajas?

—No, ahora mismo estoy en paro —responde como si eso fuera motivo de avergonzarse. En qué momento la sociedad se creyó la pantomima de que el individuo vale en función de lo productivo que es.

—Pues Nicolás es un padre increíble que no para de deslomarse trabajando por sus hijas.

—Sí, ya sabía yo que trabajo no le iba a faltar… Y ahora de baja. Chupando del bote. «Susana Cifuentes Álvarez, DNI 06345781-C», chupando de nuestro bote.

—¡¿Qué bote tarao?! —pregunta Aurora, que se ha dejado de morder la lengua. Tacha el nombre de Susana de la lista.

—Solo digo que… Ya puede votar. Digo que para ellos nunca faltan ni trabajo ni ayudas, eso. ¡Vamos, chicos! Que lo hemos pasado muy mal con la crisis. Que todos aquí remangándonos con el agua al cuello y ellos vienen de fuera y, ¡ea!, sus hijos, los primeritos en las listas del cole. Los primeritos, y ¿ellos? Con todas las facilidades para acceder a una vivienda y en cuanto tienen un contrato ya bien agarrado, dicen estar enfermos y a chupar del Estado.

—La culpa de que seas un inútil que no hace nada en la vida y que solo se siente importante siendo presidente de su junta de vecinos o rezando por que le toque ser miembro de un jurado popular o por que lo llamen para estar por un día en una mesa electoral ¿es de «ellos»?

—Nooo… eeeh. Solo digo que…

—Solo has dicho lo que quieres decir. Si te crees que debes tener privilegios sobre otra persona solo porque te hayan cagado aquí, eso solo tiene un nombre…

—¿Xenófobo? —pregunta Aurora como si quisiera dar el golpe de gracia.

—Gilipollas —finalizo.

En lo que estamos inmersos en esta escaramuza hablando para el cuello de la camisa de cara al público, una señora mayor con andador llega a la mesa. Una chica va con ella y la acerca en dirección al presidente. Gerardo, que de ahora en adelante seguro que… La chica… ¿La chica?

¡LA CHICA!

—Qué ocurre, repartidor, ¿que ahora también trabajas recogiendo votos?

22

Día de elecciones

(4.ª parte: Resultados electorales)

«Qué ocurre, repartidor, ¿que ahora también trabajas recogiendo votos?».

¿Cómo he podido decir eso? ¿En serio soy tan simple? Le llevo viendo desde que me he puesto con mi Lita en la fila. Unas quince personas por delante con sus respectivos acompañantes. Veintisiete minutos de reloj en los que podría haber pensado una estrategia aceptable. Una retahíla de frases efectivas para salir airosa de la situación. «Hola, Nico, no esperaba verte por aquí», «Sí, acompañando a mi abuela que se está recuperando de la cadera. Mi abuela y yo estamos muy unidas…», «Claro, siempre vengo a votar. No me pierdo ni una», «Ah, que no votas, yo tampoco… Vaya, qué mala suerte que te haya tocado», «No te hacía en este barrio, pero un día si quieres me puedes enseñar tu cas…», no, eso sería demasiado, pero ¿«ahora también trabajas recogiendo votos»?, ¿qué tipo de pedo vaginal se ha cruzado por mi córtex?

—Eh… Hola. Sí… aquí me ha tocado ser vocaaal… —responde ralentizando la velocidad de pronunciación. Acentuando lo incómodo de la situación.

Mierda. Creo que no se acuerda de mí. Me ha contestado con el típico tono pausado del que quiere ganar tiempo para ver si cae y recuerda quién coño es la mujer que le está hablando.

Seguro que es un picaflor que no duerme ni una noche en su casa. Lo veo venir. Dios. Otro igual. Es que… vaya ojo tengo.

—No te acuerdas de mí, ¿no? —dime la verdad, picaflor. Será mucho mejor… Y no utilices esa labia que seguro te funciona con todas.

—Lo siento, pero ahora mismo no caigo.

—¡Este es el repartidor buenorro del que me hablas! ¿No, Sáhara? —interrumpe mi abuela.

Apocalipsis. Fin de todo. Chasquido de Thanos y yo en el cincuenta por ciento de los afectados. Una descarga por toda mi médula espinal. Despersonalización. Salgo de mí. Levito por evitación. Desde el plano cenital me veo más minúscula que nunca. Veo a mi abuela, que sobre ese armatoste parece la barca de Caronte. Y a Nico, que junto a los otros dos de la mesa parecen cabezas de Cerbero que me atrapan en su inframundo. Se me llevan los demonios.

—¿Señora, me puede dar su DNI? Es que están bloqueando la fila —pregunta el señor con gafas que está sentado en el centro de la mesa.

—Usted no se meta, ¿no ve que son conocidos? —reprende mi abuela acercándole el DNI para que se calle.

—«Concha Loredo Flores. DNI 23301111-L». Pero si le está diciendo que no la conoce, señora…

—A ver… —corrige Nico—. El caso es que me suenas muchísimo.

No sé si lo ha dicho porque es la verdad o solo lo ha hecho por callar la boca al impresentable que tiene a su lado, pero a estas alturas del bochorno no me voy a poner quisquillosa.

—Es normal que no te acuerdes —prosigo haciendo tirabuzones en el pelo con el índice—. Nos conocimos en casa de mi amiga. Vive por Pintor Rosales. Hicimos un pedido y…

—«Si nos hubiésemos visto esta mañana, créeme que me acordaría».

¡Se acuerda! El infierno ya no quema tanto. La persona que tenemos detrás de nosotras en la fila empieza a carraspear para que nos demos por aludidas y vayamos terminando.

—Señora. Su voto —ruega el señor con gafas.

—Pero ¡qué prisa tienen todos ahora! ¿No ve que voy con andador? ¡Qué poca empatía! —recrimina mi abuela ganando todo el tiempo posible. Ella tiene la misma habilidad de agitar avisperos que los niños de campo para cambiar las herraduras a los caballos—. Espere que busque en el bolso el sobre, que ahora no sé dónde lo he metido.

—He visto como se lo metía ahora mismo en el bolso… —insiste el señor con gafas.

—Joven, no puede ser. Usted está diciendo que escondo mi voto.

—No es eso, es que…

—Vaya cabeza tengo. Habrá sido por los nervios del reencuentro. Tome. —Hace como que busca dentro del bolso y se lo da al presidente de la mesa—. A ver si encuentra usted el sobre que yo ya estoy un poco temblorosa por el azúcar y no atino.

El hombre se pone a rebuscar entre todas las pertenencias que tiene mi Lita en el bolso. Mi Lita me mira y guiña un ojo. Quiere que aproveche el momento.

—Pues no te hacía por el barrio de mi abuela.

—Ya, es que me he mudado hace poco —contesta Nico aparentemente nervioso.

Parece que cuando no controla la situación se aprieta el lóbulo izquierdo, ¿por qué nadie habla de los tics atractivos?

Nico es guapo. No tiene una guapura absoluta aséptica, pero es guapo hasta decir basta. Tiene guapuras diferentes a distancias diferentes. De lejos tiene la típica guapura que te preguntas «quién es ese» en mitad de una fiesta y no puedes evitar que los ojos se te vayan a su posición de vez en cuando. A media distancia tiene la guapura adquirida de la seguridad en los gestos, su expresividad, cómo se mueve. La guapura de «qué manos más bonitas, el cabrón es guapo y lo sabe». En las distancias cortas, en el tú a tú, escuchas su voz y ya sabes que te va a joder la vida, pero aplaudes y todo.

—Pues si necesitas hacerte con el barrio o conocer los mejores sitios me avisas y te haré de guía…

—Eh, claro, si quieres… —contesta Nico a trompicones olvidándose hasta de cómo sentarse—. Un día de estos…

—¡Que le des el maldito teléfono a la chica y así nos dejáis al resto votar! Que anda que no tendréis días —grita el señor que está detrás del señor que ha carraspeado. Este ha pasado del carraspeo sutil y ha optado por una increpada máxima. La vergüenza es una serpiente que se acuesta a mi lado todos los días midiéndome para comerme. Me está engullendo y ya solo asoma mi cabeza.

—La que estamos liando, ¿eh? —musita Nico.

—Creo que voy a vomitar los churros de esta mañana —contesto.

Sonríe. Coge un sobre. Le da media vuelta y empieza a escribir su número. El comienzo de los nueve dígitos.

—Aquí tienes. Hoy, hasta la noche, no podré hablar, por razones obvias, pero me encantará que me enseñes el barrio y seas mi guía —finaliza mientras me da el sobre.

—¡Aquí está! —exclama mi abuela, que sospechosamente encuentra su voto justo en ese instante. Se lo da al presidente para que lo meta en la urna. El presidente se lo arranca de las manos mascullando algo y lo introduce.

—Bueno, que tengáis buen día —se despide mi abuela—. Chico —dice refiriéndose a Nico—, como no contestes a mi nieta te las vas a ver conmigo.

—¡Lita, por Dios! ¡Vámonos ya!

—Créame que esta noche será lo primero que haga.

—No esperaba otra cosa de ti. Hasta luego —finaliza mi abuela e indica con un gesto que le dé media vuelta para emprender el triunfal camino a casa por el pasillo de la vergüenza; no sin antes aguantar las miradas de odio del resto de la fila.

Mi abuela parece paladear el odio ajeno. Es como si disfrutara con ello. Sabe llevar el peso. Yo, en cambio, soy una flojera de piernas andante. Me agarro fuerte a su andador para dejar de desear que se me trague la tierra.

—Lita, te mato. En cuanto me sobreponga del infarto, te juro que te mato.

—Luego en casa me das las gracias, que si no fuera por mí te habrías ido sin decirle nada.

—¿Cómo iba a decirle algo ahí, en las elecciones?

—Dos cosas te voy a decir. La primera es que la vida no es justa, pero baila con los sinvergüenzas.

—¿Y la segunda, Lita? —pregunto mientras saco del bolsillo y abro la piruleta del PP.

—Que mucho cuidado con ese chico, que es muy guapo como para no tener dinero. Algo esconde.

—Abuela —digo metiéndome la piruleta en la boca mientras salimos del colegio—, a nadie le amarga un dulce.

23

T. O. T. Q. T. E.

Quando facevamo a gara di sbagli
Chiedevano, «Chi è stato?» e tutti finti sordi
E lo sai che mi sembra ieri l'altro
Mi suona in testa la tua risata
Come fossi nella stanza accanto

FRANCO126, «Ieri L'Altro»

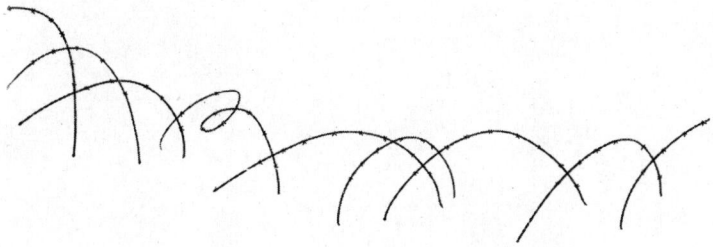

Nico repartidor

Hoy

A lo mejor estás en Génova
celebrando… 22.54

> Justo, me has pillado. Ahora voy a
> salir al balcón con Ayuso. Que me
> quiere presentar como su mantenido 22.55

Mañana te veré entonces en todas
las portadas de periódicos dándote
el lote con ella? 22.55

> No, no. De cara a la galería somos
> muy castos. Un roce sutil en la corva
> y ya. En privado es cuando se ve a
> la verdadera Ayuso. «Ama
> Ayu», como le gusta que la llame.
> Qué dominatrix se ha perdido España 22.56

No me digas que no te acostarías
con ella si pudieses. Tiene lo suyo 22.56

Cuando tengamos que contar a
nuestros amigos la historia de cómo
nos conocimos, ¿en serio quieres
que lo nuestro empiece con un
«estábamos hablando sobre cómo
tiene que zumbar Isabel Díaz Ayuso
y surgió el amor»? 22.57

Ya hay un «nuestro» y todo 22.57
Pues no veo mejor manera de
iniciar un romance 22.57

Podríamos haber comenzado hablando
de que, desde que te vi entrar en el aula,
sabía que eras tú, pero que disimulé para
no parecer un repartidor perturbado que
anota en una libreta las direcciones de las
mujeres guapas 22.58

Podrías… Y yo podría decirte
que en todo momento supe que
te acordabas de mí 22.59

Sí? 22.59

Claro que sí, desde que me
viste entrar con mi abuela,
pero no escurras el bulto,
¿te acostarías con Ayuso o no? 23.00

La respuesta me va a hacer
perder puntos, así que
mejor me callo como el
ser de luz que soy 23.01

¡No vale! Venga, cagón, que
si dices algo que haría
vomitar a un perro te frenaré 23.01

Tú lo has querido, si nos
tienen pinchados los teléfonos
y me encierran será tu culpa 23.03

Correremos el riesgo. Dispara 23.04

Supongo que podría entrar
dentro de mi lista de
«T. O. T. Q. T. E.» 23.04

«T. O. T. Q. T. E.?», sé que me voy
a arrepentir de preguntarte esto,
pero me puede el morbo. Qué
quiere decir *TEOTEQUTEE?* 23.05

«Te Odio Tanto Que Te…» 23.07

¿Y la E? 23.08

¿Qué E? 23.08

Has dicho «T. O. T. Q. T. E.»
Qué quiere decir la «E»? 23.09

Nada, la «E» es muda 23.09

Algo querrá decir la «E» 23:09
Dilo, valiente 23.10

«Te Odio Tanto Que Te…
Empotraría» 23.10

«E» es de Empotraría? 23.11

Ajá 23.11

Wow… Desarrolla mientras
busco cómo bloquear un
contacto de WhatsApp… 23.14

Ya sabía yo que iba a perder puntos…
¿A ti nunca te ha pasado que hay
personas que te caen mal pero que
te atraen de una forma inexplicable.
Personas con las que una noche
tonta… si ellas quisieran… 23.15

Joder, pero ¡qué coño os pasa
a los hombres? 23.16
«Si ellas quisieran»…, encima
tendremos que dar
las gracias
por no ser un trozo de carne
con agujero 23.16
Yo si odio a alguien no le toco
ni con un palo 23.17

Buenooo… Mejor omito que cada cosa
que diga me va a comprometer y
enfangar más y más 23.19

No, no, no te cortes. Quiero
saber tu punto de vista,
empotrador… 23.20

En serio vamos a discutir por Ayuso? 23.21
Esto me ocurre por seguirte el juego 23.22

Es que no entiendo a la
raza humana con pene, así
que me gusta hablar con ellos
para saber por qué son tan
degenerados 23.24

Y dale, pienso que una filia no la define
el género. El sexo por despecho es una
práctica que está extendida tanto entre
hombres como en mujeres… 23.25

Tanto hombres como mujeres
que tienen algún tipo de tara 23.18

No es tener algún tipo de tara. Hay
gente a la que le encanta el sexo por
despecho y se sienten atraídos por
quien odian 23.19
El hecho de liarte con una persona
que odias pero te atrae
elimina el cariño, incluso el amor
del sexo, pero eso es lo que lo convierte

en algo salvaje, y primario. Y en
«encuentros de odio», en lo que
respecta al sexo, estos atributos no
restan, todo lo contrario 23.21

Con su *mansplaining*
y todo… Tienes todo el pack
eh, machote? Ahora, además
de repartidor y vocal electoral,
eres sexólogo? 23.24

Soy masoca, por seguir hablando contigo 23.25

Anda, si tú estás *living* con esta conversación 23.25
Y a mí me sirve para saber
con qué tipo de chico estoy tratando… 23.26

Ah, sí? Ilumíname, qué tipo de
chico soy? 23.27

Uno que me dejaría por Ayuso 23.28

Golpe bajo… Que no me gusta esa
mujeeer!!! No vas a soltar ese hueso, no? 23.28

Jamás en la vida. Ahora en serio,
sabes qué creo? 23.29

Evidentemente no te vas a
quedar con las ganas de
ponerme en mi sitio, así que
sí. Dispara con todo lo que tengas 23.30

Creo que para ti el sexo es una
cuestión de dominación, de
ajusticiamiento, de joder al sistema.
Tú no quieres retozar con Ayuso.
Posiblemente si te la encontraras
en un bar ni querrías entablar
conversación con ella 23.32
Tú quieres joderla, a ella y a todo lo
que representa. Nico, tú quieres
empotrarte al poder porque piensas
que si le tiras del pelo vas a obtener
«poder» sobre el sistema. Vengarte de
tu madre, o de tu padre, pero, aunque
te folles a Ayuso, a toda tu lista de
T. O. T. Q. T. E o a la lista de morosos,
ese odio no va a desaparecer, te va a
seguir jodiendo hasta que te
consuma 23.34

                                    Eres odiosa 23.34

Sí, pero a mí no me vas a empotrar 23.35

24

La cabra y el látigo

Vuelves a diario porque el hambre va por barrios,
el problema es que te gusta reincidir

VIVA SUECIA, «A dónde ir»

—«Sí, pero a mí no me vas a empotrar», me dijo. ¿Tú sabes ese momento en las películas en el que los policías corruptos quieren buscar pistas y, como no encuentran un hilo del que tirar, van a un taller que regenta un exconvicto que lleva un año limpio sin meterse en líos; llegan, lo saludan, lo obligan a poner sus huellas en un arma homicida limpia y lo amenazan con volver a meterlo en la trena si no canta? Pues así me siento.

—Cirito, esa mujer te tiene calado —dice Nico mientras activa el reconocimiento facial de la aplicación—. ¿Y después qué pasó?

—Después todo se enrareció. Hablamos un par de frases más y me despedí alegando que mañana era lunes y tenía que levantarme pronto, ¿cómo se pueden crear silencios incómodos por escrito?

—Pues sí que te ha dado fuerte con esa mina.

—No es eso… Bueno, no sé. Sobre todo, es la impotencia de intentar hacer las cosas bien por una vez y que me dé el mismo resultado. Aquí usamos una expresión, «la cabra tira al monte», para decir que tarde o temprano todos volvemos a mostrar nuestra verdadera naturaleza, ¿esta es mi naturaleza? Si no la muestro, ¿estoy negando enseñar quién soy?

—Y ¿quién eres?

—Pues para ella soy tú.

—¿Eres yo?

—Sí, soy Nico, el repartidor.

—Creo que ha salido perdiendo con el cambio…

—No te creas, porque yo soy un tú menos payaso. Un tú que no está lisiado.

—Pues siento ser yo quien te dé la mala noticia, pero la mentira tiene las patas muy cortas —aclara Nicolás dejando una separación muy pequeña entre su dedo índice y el pulgar—. ¿Tú quieres empezar a conocer a alguien construyendo sobre una mentira?

—Sobre una mentira de la mentira.

—¿Qué? Me perdí, Cirito…

—Pues que… ¿Tú te acuerdas de «la loca que me dio un cabezazo en la nariz y me hizo sangre»?

—No puede ser…

—Sí que puede…

—A ver que me aclare, ¿tú estás haciendo de mí con ella porque es la que casi le rompe la nariz a tu verdadero yo? —pregunta Nicolás con la sonrisa picarona, con las manos en la cabeza, como si intentara encontrar un sentido a todo este quilombo—. ¿Y cómo no se dio cuenta de que eras la misma persona?

—Fácil. La primera vez que me miró, se topó con un niñato impresentable sangrando por la nariz que la vociferaba. La primera vez que me vio, observó a un hombre agradable que la hacía sonreír. Uno ve lo que quiere.

—¿Y te atrae la mina o solo buscas conquistarla como una forma de venganza maquiavélica?

—Nico, no me jodas. ¿Cómo voy a hacer eso? ¿Quién te crees que soy?

—No sé y no lo sabes. Podrías estar actuando así, aunque sea sin querer. A veces hacemos daño a otros sin pretenderlo por buscar quiénes somos realmente. Tú, Cirito, tienes un corazón enorme. Se lo digo a todos, pero eres un corazón enorme dentro de un animal herido que se revuelve y muerde cualquier cosa con forma de mano, *marico*. Acumulas mucho rencor y, a lo mejor, antes de pensar en las chicas de fuera que te rompen la nariz, deberías solucionar primero lo que tienes dentro.

—¿Y eso cómo se hace?

—Sigue tu instinto. La cabra tira al monte.

(Salgo de casa de Nicolás, giro a la derecha hacia la calle de Embajadores y luego otra vez a la derecha por la calle de la Encomienda).

¿La naturaleza de una persona la define o solo es una arista más del poliedro que la conforma? ¿Qué me define más, mi sombra o los esfuerzos de no cosérmela a mi pie?

(Continúo por la calle de la Esgrima y giro a la izquierda hacia la calle de la Espada).

Cada uno elige sobre qué fauces quedarse a vivir y mi culpa es cobijo *indoor*. ¿Puedo cambiar o solo impostar nuevas personalidades? ¿Qué puedo ofrecer, además de daño preventivo y un surtido de sinsabores?

(Giro a la derecha hacia la plaza de Tirso de Molina y luego a la izquierda, hacia la calle Doctor Cortezo, a unos setenta metros).

De pequeño en el recreo me juntaba con el grupo de las chicas. No sé por qué motivo, pero siempre me sentía más en sintonía con ellas. Un día, me propusieron jugar al *Látigo*. «¿Cómo se juega?», le pregunté a Ainhoa. «Todos nos agarramos de la mano, el jugador que está en el extremo tira de los demás. Sí los demás nos soltamos de las manos, perdemos.

Debemos intentar que el látigo no se rompa. Como si fuera una corriente eléctrica. Tú te pondrás al otro extremo. El que está al final tiene que ser el más hábil», me indicó situándome al final. Ainhoa con hache intercalada me había dicho que yo era el más hábil, ¡el más hábil! ¿Cómo no me iba a poner al final del látigo?

El juego empezó y, al cuarto tirón, la fuerza centrífuga me lanzó despedido hacia el gran árbol que teníamos en medio del patio. Esguince de cuello. Collarín. Risas como latigazos. Desde aquel entonces dejé de seguir la corriente.

(Giro a la izquierda por Atocha y después a la derecha por la plaza de Santa Cruz).

Quiero desentenderme de la vida, pero que me entiendan sus habitantes. Difícil empresa. Sáhara. ¿Se estaba protegiendo de mí o de repetir su pasado? ¿Qué busco en ella? ¿Huir de mí o vencer a mi tendencia?

(Giro a la izquierda hacia Gran Vía hasta la calle de San Bernardo).

Nicolás me ha dicho que siga mi instinto. Pedaleo como si pudiese seguirle el ritmo. Estoy agotado, pero tengo miedo de cansarme de ser otro distinto. ¿Y si Sáhara es un reto para mí? ¿Y si lo que le atrae de mí es que juego a ser buena persona, que juego a disfrazarme de Nicolás? Nicolás y su familia, ¿algún día podré tener familia? ¿Podré amar como si fuera a quedarme?

(De la glorieta de Ruiz Giménez a la izquierda hacia Alberto Aguilera).

Cuando me complico la vida, me siento vivo. Cuando la hago pedazos, me siento indestructible. Me regocijo en las nos-

talgias recientes. Me protejo de las verdades profundas que an-
sían salir a la luz. Nicolás tiene razón, soy un animal herido
desde que tengo ombligo y uso el rencor como bálsamo. Hay
placebos mucho peores. Hay personas que se juntan con otras
por miedo a descubrir que no se aguantan a sí mismas. Yo no.
No me amo, pero me sobrellevo y eso, sea quien sea, no cambiará. A grandes términos, es un principio.

*(Giro a la derecha por Vallehermoso y luego a la izquierda con Dono-
so Cortes, n.º 48. Mi destino está a la derecha).*

25

Coral en tiempos de cólera

Me dijo que tú eras la
flor más linda del lugar
que mi néctar era suave.

Pasé toda la noche frente al televisor
imaginándote en una peli como un actor

LAO RA & C. TANGANA, «Picaflor»

Ayer volví a trabajar en la floristería. No es que mi madre levantara las medidas cautelares, es que tenía que dedicar la semana a estar con mi abuela e intentar convencerla de que ingrese en un centro de cuidados prolongados, por lo menos hasta que mejore de su cadera. Mi abuela ya la ha mandado a la mierda de diecisiete maneras diferentes, una por cada año de diferencia que le saca.

«Qué pasa, que como ya no os sirvo os queréis deshacer de mí», le dijo el domingo por la noche mi abuela a mi madre en casa. Mi madre se deshizo en vituperios. «¿¡Deshacer de ti!?, ¿¡tú sabes lo que vas a costarme?! Y todo porque no te quieres quedar a solas con el fisioterapeuta y no paras de insultarle», la increpó con un tono que solo la he escuchado utilizar conmigo. Crecer es una decepción vertical. Envejecer es desenraizarse y bajar soles para alargar las sombras de los árboles. «A ti eso es lo que te gustaría, que te saliera barata, ¿no? A lo mejor muerta te salgo más a cuenta», le recriminó mi abuela. «Si no hubieseis gastado hasta lo que no teníais papá y tú, seguro que te podrías pagar tú misma el centro», le contestó.

Mi abuela no devolvió el golpe, se limitó a pedirme que la ayudara a acostarse mientras se perdía con su andador por la penumbra del pasillo. Hay una edad en la que el orgullo es irreparable, los abuelos dejan de llorar y se discute lanzando silencios por no molestar.

—¡Joder, Sah! ¡Mira que lo sabía! Otro año más sin irnos de vacaciones. Menos mal que no pillé los billetes ni el hotel —bufa Coral. Y con razón—. Vale que tu abuela esté mala, pero es que ni te has atrevido a preguntárselo, cabrona, ¿para qué me mientes diciendo que nos iremos si desde el principio sabes que no?

—¡Yo nunca miento, Coral! —respondo con impotencia indignada—. Pero entiende que entre el disgusto con mi madre y lo de mi abuela no me haya atrevido a pedir los días libres.

—Sáhara, te voy a hacer una pregunta. Si tu abuela no estuviese con lo de la cadera, ¿te hubieses atrevido a enfrentarte a tu madre?

—...

—¿Ves? A eso me refiero.

—Lo siento, Coral. No sé qué decirte. ¿Cómo te puedo compensar?

—Pues viviendo, Sáhara, joder. Viviendo. Pero no por mí, por ti. A mí no me tienes que compensar nada. Pero a ti te debes una vida entera. ¿A qué esperas para vivir? ¿A que se muera tu madre? Seguro que la espichas tú antes de que ella pille un resfriado siquiera... Si es que vives envasada al vacío.

—A lo mejor muerta puedo escapar de aquí. —Intento rebajar la tensión.

—Como te mueras, te mato —responde.

—¿Y si finjo mi muerte y nos escapamos lejos de aquí?

—Seguro que tu madre nos pilla.

Nos reímos. Tengo suerte de que Coral no puede estar enfadada durante mucho tiempo y que empatiza por encima de sus posibilidades. Hasta para eso es la mejor.

—Sí, pues… —le digo, como cogiendo carrerilla sin saber realmente si quiero que lo sepa—. Hablando de pillar…

—Buenooo…, que otra vez has caído en los brazos del farmacéutico.

—¿Tan desesperada me ves?

—¿Quieres la verdad o te endulzo los oídos con el dulce manjar de las mentiras piadosas?

—Sabes que no puedo con la mentira, así que prueba.

—No estás desesperada, Sáhara. Lo que estás es colérica. Colérica de cojones, y la cólera y el aburrimiento nos hacen pisar cagada tras cagada, o repisar la cagada ya pisada.

—¡No estoy colérica! Es que el mundo, los últimos martes de cada mes, se confabula para tocarme los ovarios, cada mes un poco más —le aclaro mientras indico con la mirada que salga de la floristería para poner la alarma—. Y no te preocupes, que esta caca está fresca todavía. Huele a nueva.

—Y ¿quién es la nueva caca?

—¿Te acuerdas del repartidor que vino a tu casa?

—No puede ser… —dice mientras me ayuda a bajar el cierre.

—No sé si podrá, pero es.

Cierre bajado.

En Malasaña la gente se atrinchera en las terrazas de los bares la última semana de mayo. Me recuerdan a esos abuelos que ponen la sombrilla en la playa a las siete de la mañana para que nadie les quite el sitio. Del veintimuchos de mayo a principios de junio el barrio de Malasaña acoge una ceremonia de vapeadores preparando la pronta llegada del solsticio de verano. Es como una pasarela de la república de pavos reales mostrándose al mundo. Una exhibición de las fuerzas cansadas repitiendo las mismas conversaciones. Millones de esperanzas puestas en las vacaciones que tendrán. Cuando le cuente a Coral la verdad de las *nonuestras* vacaciones seguro que me decapita.

Seguimos sin encontrar sitio y yo me estoy empezando a agobiar, porque no hay dos sillas libres, ¡ahí parece que hay unas! Pero se acaba de sentar una pareja. Y caminamos sin saber adónde. Y me cago en esa pareja. Y yo me quiero ir a casa porque para andar sin saber adónde vamos mejor me voy. Y así me pasa con la vida, que no la vivo, porque no sé dónde se quedó la mía ni adónde voy sin ella. Coral ve una terraza llena con una torre de sillas apiladas en un lateral. Saca dos, junta una mesa y me ordena con la mirada que nos sentemos. A lo mejor la vida se parece más a esto.

—¿En serio te dijo que se la empotraría? —pregunta Coral tornando su gesto a otro más cercano al asco.

—A ver, he de reconocer que yo lo puse entre la espada y la pared, y parece ser que el chico gestiona regular no llevar el control de la situación.

—Uy, uy, uy, si ya le defiendes y todo.

—No sé, creo que me pasé con él y buscaba un motivo para meterle caña, pero es que no me fío ni un pelo de él. Tiene algo que...

—Si tiene *algura*, huye.

—¿«Algura»? ¡Señora, tenemos nuevo neologismo! —grito como el tapicero cuando llega. Los de la mesa de al lado me miran con rareza. Los mato con la mirada.

—«Algura»: Dícese...

—Dícese no. Dices tú.

—Y no se callará... «"Algura": DÍCESE de algo que oculta negrura. También aplicable a personas».

—Pues sí, Coral. Nico tiene la barra de *algura* a rebosar. Y aun así no puedo evitar pensar en él. Soy masoca.

—No, eres humana, como Chenoa. ¿Y habéis vuelto a hablar?

—¡Qué va! Después de hablar esa noche no he vuelto a saber de él. Estoy esperando a que sane su orgullo de macho herido.

—Bueno, solo han pasado dos días. Seguro que, según se vaya acercando el fin de semana, te escribe con cualquier tipo de excusa para quedar; rollo: «He soñado contigo…».

—«¿Y qué ocurría en el sueño…?» —digo siguiéndole el juego. Somos expertas en simular conversaciones.

—«No sé… No me acuerdo. (Te empotraba como un mueble de una tienda de antigüedades)».

—«Pensando en Ayus…, cof-cof».

—¡Nooo!

Estalla la carcajada. La onda expansiva llega al móvil. Vibra. Lo saco y miro la pantalla. Se me enciende la mirada. Coral lo nota.

—¿Hablando del rey de Roma?

Le enseño la pantalla.

Nico repartidor

Hoy

Hola, cómo estás señorita? 21.32

—¿Y qué le vas a contestar? —me pregunta Coral arrastrando su silla metálica hasta mi sitio.

—Verás…

Nico repartidor

Hoy

Hombreee, me estás espiando?
Justo estaba hablando de ti 21.34

Ahora ya sé por qué me pitaban
los oídos 21.34

Bueno, dicen que dependiendo
de cuál te pite o están hablando
bien de ti o como el culo,
cuál te está pitando? 21.36

Si me pitan los dos, qué quiere
decir? 21.36

Sonrío. Levanto la vista del teléfono. Coral está con la boca desencajada.

—Sah, ¿cuánto tiempo llevamos siendo amigas? ¿Siete años?

—Creo que sí, siete u ocho. ¿Por qué?

—Escucha lo que te voy a decir —exclama Coral cambiando el tono de voz por otro más serio—. Nunca en mi vida te he visto así con nadie. Y mucho menos así con alguien con el que todavía no os habéis dado ni un apretón siquiera…

—Pero, esp…

—¡Que me escuches! —me interrumpe sujetándome los hombros—. No sabemos qué esconde esa *algura*, pero a lo mejor la vida te lo trae por algún motivo. Haz caso a la vida. Que de vivir sabe un poco.

—¡Joder con la Paula Coelha!

Nico repartidor

Hoy

Quiere decir que depende de ti… 21.40
Que no, que estaba hablando

bien de ti. Decía que a pesar
de tus gustos raros no parecías
mal tipo… De momento… 21.41

Lo importante es parecer bueno.
Así da tiempo a demostrarlo 21.42

Y cómo piensas demostrarlo?
Una demostración en público? 21.43

… Escribiendo…

—Te juro que, como me escriba alguna guarrada lo blo-
queo. Ya puede venir el cosmos a decirme que es la providencia
en forma de pene con patas.

—¿Ves? Eso es cólera. Ya no ves a Nico, ves a otro más
que te va a hacer daño, ¿puedes dejar de depositar en las personas nuevas que la vida te pone delante los reproches de las personas que dejaste atrás?

—Vamos a hacer una cosa —le digo mientras arranco una
servilleta del servilletero y saco un bolígrafo de la mochila—.
Voy a apuntar aquí un «Te lo dije», con la fecha y mi firma.
¿Ves? Es un considerable «Te lo dije». —Le enseño la servilleta,
la pliego sobre sí misma tres veces y la guardo en el bolsillo
interno de la mochila—. Voy a quedar con él. Sin cóleras. Abrazando la vida con su *carpe diem* y todo. Cuando la *algura* de Nico
me explote en la cara, te restregaré este «Te lo dije» por toda la
tuya, ¿de acuerdo?

—¿Hay algo más inútil que las servilletas de los bares,
que ni limpian ni na?

Hoy

Pues qué te parece si quedamos
este fin de semana para ir a la
Feria del Libro juntos? 21.45

Sonrío otra vez. Coral lo vuelve a notar. Esta vez es ella la
que coge una servilleta.

—Toma, que se te cae la baba.

26

La feria de los libros abiertos

Razón y piel,
difícil mezcla,
agua y sed,
serio problema.

JARABE DE PALO, «Agua»

(Parque de El Retiro, Puerta de la Independencia).

No recuerdo la primera vez que dejé de castañear antes de un primer beso. Somos una suma de esperas. Sé romper relaciones de carrerilla, con el automatismo y la técnica de un lanzador de peso, pero sigo siendo audazmente torpe en esos primeros encuentros. Una parte de mí no quiere perder esa ría de inocencia.

La gente cuando compra una entrada para ir a un estadio a ver un partido de fútbol no se cree futbolista. Se creerá entrenador de chapas, árbitro de barra de bar, pero jamás futbolista. Lo mismo ocurre cuando decide ver una obra de teatro o ir al cine. No presumen de romper la cuarta pared con sus dotes como intérprete. Cuando visitan el Museo del Prado tampoco se creen pintores o cuadros.

No sé qué pasa con el madrileño de a pie que, cuando va a la Feria del Libro, se autoengaña creyendo que sabe leer.

Leer es adentrarse en un universo ajeno de un dios menor y amamantarse con su teta mala. Tocar la costra todavía blanda de la rodilla de otro niño. Asomarse al espejo de Narciso. Rememorar las mañanas de los días que no han ocurrido todavía. Lanzar botes de pintura a las verdades invisibles. Devolver el

221

guiño al ojo del huracán y salir airoso. Y no hablo solo de los libros.

Sáhara sí que sabe leer. Me leyó la mirada cuando se chocó conmigo a la salida del bar. Vio la rabia de mis ojos que pagaban con ella el daño que Iris me había infligido cuando me obligó a ver mi propio retrato de Dorian Gray. También supo leer mi mirada cuando me recibió en el quicio de la puerta de su amiga con su ojo de buitre y mi corazón delator. Su cabeza no ha querido creer lo que sus ojos intuyen, pero sabe leer y no sabe cuánto tiempo pasará hasta que descubra la farsa.

Dentro de mi ensimismamiento no reparo en la presencia que se me acerca. Unas manos me tapan los ojos. Fundido a gris intrínseco. *Eigengrau.* El falso color. Lo que se ve cuando no hay nada que ver. Como a mí, como yo.

—Cuando hablemos de nuestra primera cita siempre diremos que fuiste tú la que llegó tarde, Sáhara —ironizo mientras retiro sus manos de mis ojos.

—¿Sáhara? ¿Como mi gata?

Latigazo álcali en el cielo de la boca. Me giro por automatismo. Sé perfectamente que es Iris.

—¡Iris! ¿Qué tal estás? —Intento sonar alegre. Le doy un abrazo asintomático.

Cuando rompes con alguien hay dos rupturas: cuando lo dejas con esa persona y cuando tu piel ya no responde a su gravedad felina. Su piel ya no me dice nada, pero la contemplo pidiendo una segunda opinión. Está guapa, de eso no hay duda. Está guapa a rabiar. Hay días en los que uno se arregla o se ve con el guapo subido y desea encontrarse con todos los ex de la historia para que sepan lo que se pierden. Seguro que ella lo ha dicho antes de salir por la puerta… Y me ha encontrado a mí. Y no va sola.

—Ciro… —lo dice relamiéndose. Lo está disfrutando la cabrona—. Te presento a Iván.

—Iván, un placer —lo saludo con un apretón de manos.

—Así que tú eres ese tal Ciro... —Estrecha mi mano con fuerza. Como si fuese un político saludando al líder de la oposición. Valiente gilipollas.

—Supongo que soy ese Ciro.

Ya no soy ese Ciro. Me sorprendo a mí mismo al no sentir que me han quitado el juguete.

—¿En serio te has buscado una nueva chica con el nombre de mi gata, Cirito?

—Bueno, digamos que, más que buscarla, apareció de golpe y porrazo —le contesto a Iris.

No está cómoda con la conversación. Supongo que al verme tenía la expectativa de minarme la moral al presentarme a su nueva adquisición. De plantar su bandera sobre mi capa caída. Se la nota con ganas de irse. Con el nerviosismo de los movimientos cortos, rápidos, y cambio de postura a intervalos de cinco segundos. Ya no me mira con regodeo. Su mirada se pierde en la arboleda. Iris no sabe leer.

—Mira, antes la mencionamos, antes aparece —digo al ver a Sáhara en la acera de enfrente esperando a que el semáforo se ponga en verde. Me saluda con la mano en alto. Le devuelvo el saludo. A Iris se le hincha levemente una vena del cuello.

—Bueno, Ciro —interviene tirando del brazo de Iván—, te dejamos con tu cita, que tenemos un poco de prisa.

Iván levanta un poco el mentón en señal de despedida. Me sirve.

—Me alegro de verte —me despido intentando sacar el poco *savoir faire* que me queda.

—Ciro, nunca has mentido bien. Ella también se dará cuenta tarde o temprano —contesta al alejarse.

Se cruza con Sáhara y le hace con la mano el gesto de arañar.

Sáhara va arrebatadora. No sé si ella también habrá pensado en su lista de ex antes de salir por la puerta, pero, si yo fuese uno de ellos, cruzármela hoy sería lo más parecido a recibir un puñetazo en la boca del estómago. Lleva una blusa de manga corta que se ha atado con un nudo a partir del cuarto botón, unos vaqueros anchos lavados y unas Converse altas que llegan hasta mí.

—Ignoraba que supieras caminar sin el andador de tu abuela —le digo mientras le doy dos besos.

—Y yo que tuvieras amigas tan locas… La chica con la que estabas hablando, ¿es posible que me acabe de bufar?

—¿Bufar?

—Sí, bufar. Como a los gatos.

—Aaah… No, no… Es que le he comentado lo de nuestra conversación del otro día y te ve como «a una mujer de armas tomar» —replico para despejar la variable Iris de cualquier tipo de incógnita.

—Así que eres de esos que van enseñando las conversaciones de los demás —contesta con su típico escarnio. Al cual me estoy empezando a acostumbrar—. Algo bueno debes tener, en serio. Bajo todas tus banderas rojas y señales de advertencia que llevas con guirnaldas, algo aprovechable dentro de ti tiene que haber.

—Te veo capaz de arrancarme la cabeza y regar con ella todo El Retiro. Necesito testigos por si me pasa algo.

—No me des ideas —contesta mientras entramos dentro del parque.

27

El juego de las OCA

—Pero si hemos ido a la Feria del Libro porque tú querías...

—Si a mí me encanta desde que era un niño e iba con mis padres —contesta mientras da un pequeño trago a su copa de vino para probar el godello que había elegido. Primera vez que pruebo un godello.

Parece que sabe de vinos. O que se está tirando el moco por encima de sus inseguridades. Asiente al camarero y nos empiezan a llenar la copa. Joder con el repartidor que ahora es sumiller y todo.

—Este es el momento donde te vas a abrir a hablar de tu infancia, ¿no?

—Sí, es ese mismo momento —responde alzando la copa—. Un brindis.

Levanto la mía.

—¿Por qué vamos a brindar?

—Por los niños. No por los niños en general... Digo por los nuestros.

—¿Por los nuestros, Nico? ¡¿Ya me estás hablando de familia?! —amago con agarrar el bolso.

—Si me dejaras terminar el brindis, sabrías que no soy un puto tarado que quiere boda, casa y perros antes del primer brindis. Pero la gente como tú solo quiere ver el mundo arder —interrumpe. Se le ve sudar. Me gusta el Nico que no sabe llevar las riendas. Parece más de verdad—. Un brindis. Por no olvidar a ese niño y niña que fuimos. Por darle voz siempre que se pueda.

—La que has liado para ese brindis tan regulero.

«Chinchín». En realidad me ha gustado el brindis. No se lo diré nunca.

—Pues eso… Que desde que tengo puño y letra siempre esperaba estas dos semanas con ansia. Mi madre me dejaba comprar solo tres libros y yo tenía que elegirlos con ojo de crítico literario con dientes de leche. Los libreros de las casetas flipaban con mis andares. Te lo juro. Iba con manos a la espalda pidiendo recomendación experta. De caseta en caseta como si fuese de ruta de pintxo y zurito por el casco viejo de Bilbao. Luego, cuando llegaba a casa, hasta que no terminara esos tres libros no había niño… Cada año de mi vida, cada vez que iba, caían tres libros. Ahora la Feria del Libro se ha convertido en otra cosa…

—¿Ya saben qué van a cenar? —interrumpe el camarero.

—Perdone, aún no hemos visto la carta —le contesta Nico. Supongo que los camareros de este restaurante ejercitan la paciencia esperando a que se decidan las personas que tienen sus primeras citas.

Me sorprende cómo trata Nico a los camareros. Dicen que, si quieres saber cómo es alguien, solo tienes que mirar cómo trata a los camareros. Él lo hace con respeto. No un respeto impostado. Respeto de verdad. Es algo que se nota, pero a su vez se expresa con ellos con una seguridad e iniciativa propias de alguien que acude asiduamente a comidas de negocios y pregunta por los platos que están fuera de carta mostrando una relación diagonal. Si quieres saber cómo es alguien, mira cómo trata a los camareros. Si quieres saber cómo es Nico, inyéctale pentotal sódico, contrata un polígrafo y una vidente que sepa técnicas de tortura.

—Pues hoy no has comprado tres libros.

—Es que no te quería marear mucho. Iré un día entre semana por la mañana, que estará más tranquilo.

—Hijo, que no es ir de compras a una tienda de ropa. Son libros, ¿no será que tienes miedo de que conozca tus gustos ocultos? —le señalo con el dedo acusador de las grandes ocasiones.

—¿Vas a empezar otra vez con tu sección?

—¿Mi sección? ¿Ahora tengo sección?

—Sí, tienes una.

—¿Y cuál es?

—Esa donde hablas de mis filias. Eres experta.

Se acerca el camarero para tomarnos nota. Lo miramos con apuro. Recoge la indirecta y vuelve sobre sus pasos.

—Decías que ahora la Feria del Libro se ha convertido en otra cosa. ¿No será que, según vas creciendo, dejas de verla con los mismos ojos de cuando eras niño?

—Eso también influye, pero, jodeeer. —No sé por qué, pero me ha excitado un poco su forma de decir «joder» con su voz rota—. Ahora las casetas son expositores donde se ostenta la influencia. Largas colas para que un patán que sube vídeos a YouTube o Twitch les firme un libro que no ha escrito ni él. Poetuiteros y cantantes a los que ahora les da por creerse escritores firmando sus poemarios, y acaban subidos a bancos como si fuesen mesías del Nuevo Testamento porque han terminado sus dos horas de firma y todavía les quedará como otra hora y media de gente. Mientras que, un par de casetas más adelante, escritores de verdad intentan dar tema de conversación a la única persona que ha venido a verlos para que no se vaya.

—Bueno, pero siempre ha sido un poco así, ¿no? Ahora serán influencers, pero ayer eran tertulianos de la tele y mañana será otra cosa…

—Ya, pero me jode. Y no lo puedo evitar. Y llegará el próximo año y se me olvidará. Y volveré a ir. Y me cabrearé de nuevo. Porque soy así de anormal.

Nos reímos. Esa risa cómoda que hace bajar la guardia. Nico es un sumatorio de adjetivos aún por determinar, pero que ya puedo afianzar que es divertido. Miramos a la mesa de al lado. Unos padres que cenan con su hijo. El niño tendrá dos o tres años. Hace como que nos dispara a Nico y a mí. Nico recibe el impacto de bala y cae sobre el plato abatido.

—¿Qué haces, loco? —le pregunto con vergüenza ajena.

—¿De qué planeta vienes, Sáhara? —musita con la cara pegada al plato—. Si un niño te dispara, tu deber como adulto es hacerte el herido.

—Perdona —respondo cayendo a cámara lenta como Bill al ser disparado por B. B. Kiddo.

El niño que nos ha disparado queda satisfecho y vuelve su atención hacia los padres. Nosotros nos volvemos a incorporar sobre nuestras sillas. Nico da otro trago a su godello. Yo me limpio la baba.

—Hay que ser muy desalmado para contratar a niños como figurantes para que te ayuden en las primeras citas.

—Yo no tengo la culpa de que no sepas tus OCA con para los niños.

—Otra vez con las siglas… ¿OCA?

—Obligaciones como adulto.

—¡Wow! Háblame de esas OCA. No vaya a ser que ahora no sepa tratar con niños tampoco.

—Bien, ¿estás lista?

—Para las OCA nunca se está, pero intentaré estar a la altura. Estoy lista.

—¿Si un niño te sonríe? —me pregunta.

—Le sonrío. Esta era fácil, cúrratelo un poco más —le respondo.

—Siguiente nivel. ¿Si te saca la lengua?

—Se… ¿se la saco yo también?

—Maldita suerte de los principiantes. Siguiente, ¿si una te mete un susto?

—Simulo un ataque al corazón.

—¿Y si te tira un beso?

—Lo coges y lo guardas a buen recaudo.

—Correcto. Última pregunta, y esta ya es de matrícula, ¿si el niño se esconde detrás de sus manitas? ¿Qué haces?

—¿Qué niño? Yo no veo a ningún niño.

Nico se levanta y empieza a aplaudir lento y sonoro. Se sienta.

—Tome —dice sacando un boli y escribe sobre la servilleta que guarda los cubiertos—. Aquí tiene su diploma. «A la atención de la señorita Sáhara. Por haber completado las OCA con matrícula de honor».

Se acerca el camarero desesperado.

—¿Ya saben lo que quieren?

—Yo sí —dice mirándome—. Pero preferimos que nos sorprendas tú, que en este sitio todo está tan bueno que no nos decidimos —le responde Nico mientras me mira de reojo.

Me da la servilleta y la guardo junto a la de «Te lo dije» que escribí para Coral.

Nico y yo vamos andando por la calle. Sabemos que no terminaremos la noche juntos. También que estamos haciendo un esfuerzo sobrehumano por quitarnos esa idea de la mente, tanto que intentamos estirar el «hasta otro día» lo máximo posible. La noche se nos ha ido en un suspiro. Las ganas se potencian con el mismo material. Le he hablado de mi madre controladora, de mi padre ausente y de la floristería que da lo justo para llegar a fin de mes. Él me ha hablado del padre con el que no se habla, de su madre vórtice de dolor que todo se calla y de su trabajo reciente como repartidor. Me ha revelado que de pequeño subió a un monte, cayó en un zarzal y se tuvo que quitar a escondidas las espinas con las pinzas de depilar de su madre. Yo le he confesado que de pequeña era la niña que vomitaba en todas las excursiones de autobús y que en mi asiento siempre me ponían una bolsa de papel extra. Qué peligroso es no ver el peligro y qué adictivo se vuelve.

—Como me sigas acompañando vas a tener que patear mucho para volver a tu casa.

—No pasa nada, ahora cuando nos despidamos pediré un taxi —responde sin titubear.

—Me invitas a cenar, pides vino de la carta, ahora vas a volver a casa en taxi… cómo pagan de bien los TraiGO, ¿no?

—No, a ver es que… —se intenta explicar Nico.

—Es que ¿qué? —pregunto con el interés de la desconfianza—. Porque, que yo sepa, en estos trabajos no se cobra mucho, así que o tus papás te pagan todo o escondes algo.

—No es eso —contesta molesto.

—Pues explícame —respondo parándome en seco. Él me mira extrañado.

—¿No te vas a mover?

—Ni de coña. Hasta que no me contestes con algo que me aleje de la idea de que eres un policía infiltrado en una banda de *riders* o un hombre casado que se quita el anillo para engañar a jovencitas repartiendo comida o…

—Vale, pero no te rías —interrumpe mirando al suelo—. A ver… tengo una idea de negocio y dinero ahorrado.

—¡Lo sabía!

—¿Qué te he dicho?

—Perdón. —Ahora quien mira al suelo soy yo—. Continúa.

—Quiero hacer una empresa de entrega sostenible. Una cooperativa social donde se vele realmente por los intereses sociales de los trabajadores. Y estoy trabajando en TraiGO para ver, de primera mano, todos los atropellos y abusos que sufren los que trabajan ahí.

—¿En serio?

—No sé si suena mejor que policía infiltrado, pero sí —dice volviendo a levantar la cabeza—. Siempre me ha gustado montar en bici y esta es una manera de poder ayudar a la sociedad.

Me ha volado la cabeza. Nico no es como esperaba. La *algura* que tenía ahora parece un oasis donde bañarse desnuda. Otra vez la idea de pasar la noche juntos llama a la puerta. Se me seca la boca. La humedad se compensa en otras partes del cuerpo.

—Oye… —No sé por qué voy a pedir un beso. Los besos no se piden.

—Bueno, Sáhara, aquí nos despedimos que si no mañana cada vez que pedalee me voy a acordar de ti —dice sin saber que quiero que se lance y me coma la boca aquí mismo. ¿En serio va a ser capaz de irse sin un beso?

—Va, vale. Lo retiro.

—¿El qué?

—Lo de depravado. Ahora sé que no me dejarías por Ayuso.

—Si algún día te dejo por Ayuso, me puedes vomitar encima…

—No vale utilizar en mi contra mis traumas infantiles, depilador de espinas.

—Vaaale —responde con condescendencia—. Oye, ¿antes de irme te puedo dar un abrazo?

—¿Un abrazo? —Como no me bese lo estrangulo.

—Un abrazo, sin trucos —dice acercándose.

—Pero sin trucos —le aviso intentando que el morbo del reto llegue a sus receptores—. Como note que me estás oliendo, mi rótula se hundirá en tus genitales.

—Joder, qué bruta eres —exclama dando un paso hacia atrás. Igual me estoy pasando—. Un abrazo. Sin oler pelo.

—Y que dure menos de cinco segundos que si no me pongo tontorrona. —¡No te das cuenta de que te estoy pidiendo que me beses!

—Rediós. Un abrazo. Sin oler pelo. De cinco segundos de duración.

—Y…

—Y sin arrimar tren inferior. Ya lo sé —añade adivinando lo que iba a decir—. ¿Procedo?

—Puede proceder. —Bésame.

«Hay más *Kamasutra* en los abrazos contenidos que en los besos», pienso mientras su caja torácica se aproxima a la mía y soy capaz de ver a trasluz su respiración entrecortada. Mi corazón bombea como un rompeolas. Soy una estación espacial, y él, un meteorito que pide permiso para acoplarse. Noto sus manos en mi espalda. Mi columna es cemento fresco que recibe sus manos; mis escápulas, el comité de bienvenida de este entierro, porque en este abrazo me estoy matando. Muerte dulce. Él no me huele. Ya olfateo yo por los dos. Dios. Huele tan bien. Huele a comestible. Ese tipo de aroma que con el sudor se potencia. Ronroneo. Lo nota.

—Señorita Sáhara, usted me está oliendo.

—Nunca dije que yo no pudiera.

—Sáh…

—¿Sí…?

—Las OCA no solo aplican a cuando hay niños delante —dice mirándome de la forma más dulce que lo ha hecho en toda la noche—. También a los adultos que quieren hacer las cosas bien.

Y me da un beso en la mejilla. Uno lo suficientemente cerca de la comisura como para que sepa que él también se muere de ganas. Uno lo suficientemente lejos como para darme una buena excusa creíble si se lo echo en cara.

—Hasta mañana, Sáhara —dice despegándose el cabrito.

—Esto me lo cobraré —respondo en trance.

Quien no se acuesta con niños no se levanta meada, pero mi obligación como adulta me obliga a tocarme en cuanto llegue a casa.

28

Entre todos lo mataron y él solo se murió

Sáhara

Hoy

Buenos días, señorita.
Espero que no le haya salido
un sarpullido por la zona
abrazada 08.03

Así que era eso, llevo una
mañana con picores…
recuérdame no volver a
dejar abrazarme por ti,
por favor 10.32

La próxima vez te tocaré
con guantes de látex y
listo 11.05

Con lo bien que se nos da
estar a un par de metros de
distancia, no sé qué afán

tienes de roce, que luego
vienen los calores, la
frustración... 11.07

Tienes una jeta... Ni cinco
segundos duró, huelecuellos 11.08

Cinco sobraron y bastaron
y, con lo de oler el cuello,
no es mérito tuyo. Con tu
poder adquisitivo te
puedes comprar
perfume caro, es trampa 11.09

Cada uno juega sus armas 11.10
En serio, gracias por la
noche de ayer. No recuerdo
habérmelo pasado tan bien
nunca 11.11

Puedes dejar de mentir
por un día, poli infiltrado? 11.12

Escribiendo...
...
Escribiendo...
...
Escribiendo...
Omito respuesta 11.15

Ves? Al final siempre
tengo razón 11.37

No 11.40
Pero como no me vas a
creer no malgasto
verdades 11.41
Que tampoco estoy muy
boyante como para
despilfarrarlas 11.42

(Paseo del General Martínez Campos, puerta del Museo Sorolla).

Madrid es una carta de Joaquín a Clotilde a medio acabar que se mueve como el vuelo de un vestido sin playa. Una constante ausencia. Una pintura rival. Temo a los «demasiado». Son un tren de la bruja donde nunca ves venir el escobazo y Sáhara es demasiado hasta en su mesura. Ayer por la noche fuimos un aquelarre comedido y una masturbación en diferido. Ayer soñé con ella. No sé por qué a los sueños buenos no se les pone otro apelativo. Como pasa con las pesadillas. No sé por qué reaccionamos ante lo bueno que nos ocurre con el júbilo calmo del que cree merecerlo. Ayer soñé con ella como si supiera qué hacer si despertara a su lado.

Nicolás

Hoy

Ciritoooo, ya es media
mañana… Ya te descubrió
la mina? 12.22

No, no me ha quitado

la careta como a los
malos de Scooby Doo
aún 12.36

Ciro 12.37

Qué, Nicolás? 12.39
Y ahora… Ya te pilló? 12.40

(Calle del Amor de Dios).

Estoy en La Sirena esperando un pedido de marisco. Me miro en el espejo de vigilancia decorativa del supermercado. Me parezco más a esa hipérbole que al personaje que intento representar. No han sido pocas las veces en las que, al llevar una entrega, me decían que no era el de la foto. Nicolás y yo, con una iluminación calculada, un corte de pelo similar y dejándome una barba de cuatro días, podríamos pasar por el antes y el después de cualquier plan de dieta engañabobos; así que, cuando me decían que no era el de la foto, me limitaba a mirar al suelo y decir que había adelgazado mucho por enfermedad. Los clientes se sentían tan culpables que me ponían cinco estrellas, buen servicio, trato inmejorable y casi me donaban hasta un riñón por haber pensado mal.

De todos los adverbios interrogativos solo me siento dueño de mi «cómo». Todo lo demás me ha venido dado. El porqué, el cuándo y el dónde hace mucho que dejaron de importarme. Mis motivaciones son cambiantes, mi agenda es apretada y mi vida es una boca que me escupe sin saber a qué contenedor voy. Solo habito en el «cómo» y sus pliegues. Es en lo único que puedo meter mano. Elegir mi modo.

Recibo la bolsa con el pedido. Vibra el teléfono.

No coger (Iris)

Hoy

Cómo fue la cita? Ya le has
mentido diciendo que nunca
te habías sentido así de a
gusto con alguien? 14.22
Que el sexo fue brutal? 14.23

Pues siento decepcionarte,
pero no hubo sexo, eso sí,
nunca he sentido que podría
ser una noche mágica sin
sexo 14.55
De verdad, me alegré de verte
ayer 14.56
No te voy a decir que «ojalá
el día de mañana podamos
ser amigos» y mierdas así porque
tanto tú como yo sabemos que
eso es imposible, pero me gustó
verte con la suficiente cordialidad
como para que no hubiese
tensiones entre nosotros 14.56

Habla por ti 14.57
Respecto a lo de la «no
tensión» 14.58
Y tampoco me creo que me
vieras y no te quedaras con
ganas de mí... 14.58

Por mucho que te cueste
creerlo, fue increíble no sentir
nada 15.00
Ni bueno ni malo, sentir
que, por una vez, todo está
bien tal como está 15.01

Dime que ahora mismo no
tienes ganas de follarme 15.02

No, de verdad, es la primera
vez que no, yo soy el primer
sorprendido 15.04
Además, estoy conociendo
a alguien y quiero hacer las
cosas bien 15.05

Ciro, me encantaría ver
qué pasaría con esa chica
si descubriese quién eres
realmente, o cómo de amigo
tuyo será Nico cuando le despidan por tu culpa. Me
dan ganas hasta de avisar
a TraiGO 15.11

Bloqueaste este contacto. Toca para desbloquearlo.

(Puerta del Sol).

Tengo que acabar con este *jenga* de medias verdades que
ya se tambalea. No solo por mí, sino por la gente que quiero. Por
Nico y su familia, que me han devuelto la fe en la familia im-

puesta. Por Sáhara y su escarnio adorable, que me ha mostrado otro camino transitable. Pero sobre todo por mí, que empiezo a sobrellevarme y, quién sabe, a lo mejor el día de mañana comienzo a quererme.

Sobre el papel hasta suena bien. Se lo confieso a Sáhara, trabajo hasta la Noche de San Juan para dar tiempo a que Nicolás Sosa se recupere y se acabó. Solo quedan veinte días.

Sonrío como si pudiese apagar el futuro con un mando. A distancia. Sonrío con la sonrisa entristecida de los que pierden aunque ganen. En este caso, tiempo. Tan salvador no seré si saco de las personas lo peor de ellas. A lo mejor las salvo de una vida apacible al ser el mejor de sus errores. ¿Qué parte mala sacaré de Sáhara? ¿Me dará tiempo a descubrirlo? Pedaleo con una culpabilidad endeble mientras pienso en lo que me ha dicho Iris. No sería capaz de delatarme, ¿o sí?

Tengo que ir a ver a Sáhara y sincerarme, pero cómo voy a aparecer así. ¿Primera cita y ya invado su lugar de trabajo con mi presencia? Creerá que soy el tarado que le parezco; «retarado», como diría Nicolás. ¿Y si a última hora hago un pedido para mí mismo en su floristería y «casualmente» me toca hacer la entrega? Retorcido, rebuscado, poco creíble, y tampoco me quedan muchas más opciones.

Me detengo. Miro el móvil para buscar la hora. ¡En qué momento!

Una llamada entrante. Mi madre.

—Hola, mamá. Casi ni me entero de la llamada. Estaba ocupado. Qué raro que llames a estas horas, ¿ha pasado algo?

—Ocupado repartiendo paquetes y comida, ¿no?

—Mamá, ¿me estás llamando a las cinco de la tarde para esto? —me defiendo como puedo, atacando. Tengo las manos paralizadas como si llevase una hora sujetando peso.

—¿Que somos la comidilla, Ciro? Que llevaste sushi a unos amigos de papá… y encima ¡con otro nombre! ¿Ahora eres

Nico? ¿Quién es Nico, Ciro? ¿En qué tipo de chanchullos estás metido?

—Mamá, tiene una explicación. Estoy ayud...

—Y a tu padre le tienes muerto de la vergüenza. Qué bochorno, por Dios. Suplantación de identidad, pero que te pueden meter en la cárcel...

—Mi padre me lleva avergonzando desde que tengo uso de razón y a ti faltándote al respeto desde antes de nacer yo. Así que por una vez que se ponga rojo no creo que se muera. O sí, y sería mejor para todos.

—¡Retíralo o no vuelves a pisar esta casa en tu vida!

—Mamá, esa no es mi casa mientras viva mi padre en ella. Por cierto, estoy bien, gracias por interesarte.

Cuelgo.

Me vuelve a llamar. Cuelgo.

Me vuelve a llamar. Apago el teléfono.

(Plaza del Dos de Mayo. Parque).

Llevo dos horas sin moverme. Con el teléfono apagado y la bici atada. Sentado en el banco de cemento del parque mirando cómo se columpian los niños y caminan los sintecho. Crean una coreografía extraña. En medio yo, a nada de ser nadie, de alistarme en el ejército de los «me lo he buscado». Me está devorando el miedo y el daño es un censo inexacto que entra por todas las entradas de esta plaza como un gas irrespirable. La gente cree que las mentiras explotan en la cara como una bomba casera. Para nada. La falacia es una llama que se va extinguiendo y flaqueando hasta que no queda nada y solo puedes acostumbrarte a la oscuridad.

Enciendo el teléfono. Meto el código PIN. Intento entrar en la aplicación. «Usuario no encontrado». Lo vuelvo a intentar. Error. «Usuario no encontrado». ¿Qué cojones ocurre? Me entra un mensaje. Dos llamadas perdidas de mi madre y seis de Nicolás. Miro el WhatsApp.

Nicolás

Hoy

Ciro, llámame cuando puedas.
Me acaba de llamar la empresa.
Me ha comunicado mi cese
«por cuanto que colabora otra persona con tu cuenta» 19.53

29

La culpa la calma el castigo

He reducido todo mi catálogo de letras
a las de tu nombre,
para que cuando se me trabe la lengua
sepa pronunciarte.

CARMEN BOZA, «Culpa y castigo»

(Calle de los Cabestreros, 12. Bajo C).

—Hola, Gabriela, he venido tan *rápido* como he podido, ¿dónde está? —le pregunto a su mujer nada más llegar. Es un bajo, pero los pulmones intentan oxigenar como si hubiese subido doce plantas. Como el jugador que asciende del filial y debuta en la liga metiendo un esprint nada más entrar en el minuto ochenta.

—Está en el cuarto de las niñas, pero no quiere ver a nadie, Ciro. —Intenta sonar amable conmigo, pero es inevitable sentir que me culpa de ello. He sido el bombero que ha salvado los muebles, pero que no pudo salvar a la familia—. ¿Por qué no te vuelves a casa y le digo que te llame cuando esté de humor? Será lo mejor.

Lo mejor para quién. Mi casa ahora es una mantis religiosa que quiere comerse mi cabeza... Y ni siquiera en estos momentos puedo dejar de pensar en mí. Bastante destrozo he hecho ya.

—Ciro, ven —grita la voz lejana de Nico desde la habitación.

Viven en un semisótano de cuarenta metros cuadrados y ahora lo siento infranqueable. Cuando no te quieres enfrentar a las verdades, cruzar la puerta que tienes enfrente se vuelve laberinto.

Abro la puerta. El cuarto está lleno de medallas de torneos. Las paredes están repletas de fotos familiares, en Tenerife, Port Aventura, Segovia, Barcelona y otros lugares cerrados que podrían ser en todas las ciudades y en ninguna a la vez. En todas las imágenes salen juntos. En todas, felices y unidos. Todas son la prueba en un juicio de que el amor familiar es posible.

Nicolás está tumbado en la cama abrazado a un cojín de una de sus hijas. Tiene la mirada perdida mientras contempla esas fotos. No me mira. No es que no quiera hacerlo. Es que no desea mirarme diferente.

—Hola, Nicolás. Tu mujer tiene razón. Si quieres, me voy a casa y hablamos en otro momento.

—No, Ciro, está bien así —me contesta mientras dirige la vista hacia la cama de su otra hija y con la mano me pide que me siente en ella. Acato—. ¿Cuánto tiempo más o menos llevas haciéndome el favor de trabajar por mí? ¿Lo has contado?

—Dos meses y quince días.

—Bien. En algún momento de estos dos meses y medio ¿pensaste que ya era suficiente ayuda? ¿Que ya bastaba?

—Nunca, Nicolás. Eso nunca —respondo rápido para aclarar que no he tenido dudas—. Desde el principio tenía claro que, hasta que no te recuperaras, no te dejaría en la estacada.

—¿Y esto lo hiciste por mí o por ti, Ciro? —me pregunta con un tono serio. Los reproches son cojines ásperos sin funda. Verdades sin ápice de tacto.

—Nicolás…

—No te confundas. No te he llamado para recriminarte y decirte que es culpa tuya porque en esto tanto tú como yo la tenemos, y sabíamos a qué atenernos. —La dureza de sus palabras contrasta con el mimo con el que las coloca—. En cualquier momento te podía haber dicho que parases.

—No hubiese podido parar.

—Por eso, te vuelvo a preguntar, ¿esto lo hiciste por mí o por ti? ¿Por ayudar a alguien que ha tenido un accidente o por sentirte útil y buena persona por una vez en tu vida?

No respondo. No sé qué responder. La duda es una china que impacta en la luna delantera del coche agrietando la visión al menor bache. No sabía que también Nicolás guardaba otra copia de mi retrato de Dorian Gray.

—No te sé responder a esto. Solo intentaba hacer lo que creía justo. Echar una mano...

—Te voy a contar algo. Una vez Gabriela y yo casi nos divorciamos, ¿sabes? Ya habían nacido las niñas y yo intentaba, por todos los medios, demostrar que podría cuidar de la familia. Deslomarme por el día y ser el mejor padre posible en casa. Intentaba hacer todo por las tres, incluso sin que me lo pidieran. Intentaba estar encima siempre. «Echar una mano», como dices tú. Y empecé a agobiar a Gabriela. Y me lo hizo saber. Y yo me lo tomé a mal y la llamé desagradecida. Le eché en cara que no valorara los esfuerzos que hacía por ella y por las niñas. Casi dejo que se escape lo más bonito que tengo en la vida por ser una mano que apretaba y apretaba ahogando la relación por intentar tenerlo todo agarrao —relata conteniendo el llanto. La voz tiene tentativa de quiebre, pero le aguanta el envite estoicamente—. Lo que te quiero decir, Ciro, es que no puedes ser el salvador de nadie. Nunca te lo pedí. Te agradezco la ayuda. Mi familia y yo; pero se nota que, en el fondo, una parte de ti lo hizo por demostrarse algo. Y tienes que dejar que cada *marico* libre su propia pelea y no meterte en todas para rehuir las tuyas.

—Por lo menos, ¿dejas que te pague la primera sesión de terapia?

Ahora sí me mira, lo miro y nos rompemos en un abrazo. Noto mi hombro húmedo. Su lagrimal se pone en funcionamiento. El castigo se rebaja con lágrimas.

—Bufff. No quería llorar...

—Si preguntan, diré que fue sudor.

—¿Por el esfuerzo de no hacerlo?

—Exacto.

Nos descojonamos. Gabriela entra en la habitación para comprobar que ni nos hemos vuelto locos ni Nico ha puesto una grabación de alguien riendo para enmascarar mis gritos mientras me asesina. Sonríe.

—Y ahora, ¿qué vais a hacer? —le pregunto.

—Salir adelante. Como siempre hemos hecho.

—Si hay algo que…

—No sigas, justiciero Ciro —interrumpe Nicolás—. Tienes que librar tu propia pelea.

—¿Y cómo empiezo?

—Un buen punto de partida sería decirle a Sáhara quién eres realmente, aunque, si casi te rompe la nariz sin conocerte, no sé qué te hará cuando se entere de que no eres quien le has dicho ser.

(Calle del Espíritu Santo, 11).

Estoy fuera de la floristería. Mirando a través del escaparate. Si enfoco la vista a lo que tengo más cerca, veo mi reflejo deshonesto. La caja de Pandora que estoy a punto de abrir, eso sí, con las manos desnudas. Si el cristalino enfoca lo que alberga la floristería en su interior, contemplo a Sáhara. Una versión más intacta de ella antes de la debacle. Krakatoa en agosto. Hay puertas que son volcanes despiertos. Me lanzo en uno de ellos. El que más abrasa.

Entro.

—¡Nico! —grita con alegría y extrañeza Sáhara desde el mostrador. En otra situación me hubiese gustado comprobar que, más allá de sentir rechazo, celebra mi llegada—. Pero ¿qué haces aquí?

—Nico, no. Ciro. Me llamo Ciro.

30

El enroque del papel higiénico

¿Quién eras antes de tropezar conmigo?
No eras de nadie y te pegaste a mí,
son tus abismos, que se van agrandando.
Somos diamantes, que no se pueden tallar.
Yo era el primero, estaba equivocado.
Y lo prefiero a ser segundo y acertar.

IVÁN FERREIRO, «Farsante»

—¿Ciro? Ahora te llamas Ciro… —respondo haciéndome la comprensiva. Todo mi lenguaje corporal indica su antónimo—. Vale. Como quiera que te llames… sé que jugamos a vacilarnos, pero si es una broma no tiene ni puta gracia.

—Es en serio. Quería hablar contigo y no sabía si esperarte a la salida del curro o…

—¿Querías o quieres?

—Quiero, pero querí… perdón, quiero respetar tus horas de trabajo. —Se traba más que habla. Qué poco atractivo resulta el diablo con el rabo entre las piernas.

A lo mejor ha venido a decirme que Nico es un pseudónimo porque su nombre real le da vergüenza. A lo mejor, como se ha infiltrado en TraiGO para ver las condiciones infrahumanas a las que están sometidos los trabajadores, no quiere utilizar su verdadero nombre para evitar denuncias… Puede ser por cualquier motivo. Entonces ¿por qué todo mi cuerpo se prepara para sufrir el impacto? ¿Cuánto vale la pena que ya no doy ni el beneficio de la duda?

—Va a ser la puta última vez que pises esta tienda mientras yo esté en ella, así que por mí no te cortes. Dime.

—No. Ni de coña. Si vas a estar así, prefiero hablar contigo en otro momento. Estás a la defensiva y ni sabes qué voy a decirte…

—Así cómo…

—Así de poco receptiva —responde intentando coger la sartén por el mango. Busco dónde tengo el quitamanías.

—¿No tendrás los cojonazos de irte sin decirme a lo que venías? ¿No serás capaz?

—Mira, Sáhara…

No escucho lo que dice. En el lapso en el que se explica, cojo las llaves del bolso y echo el cierre de la tienda por dentro.

—¿Decías?

—¿A-acabas de cerrar la tienda? —pregunta sin dar crédito.

—Así estaremos en condiciones de hablar en un ambiente más «tranquilo» —ironizo.

—Sáhara… Abre la puerta… —exige midiendo las palabras. Lo miro como si me hablase en una lengua muerta—. Sáhara…

—¿Qué?

—Sáhara… Abre la puerta.

—Es que si abro la puerta puede entrar cualquier cliente y nos molestaría. —De un salto subo al mostrador y me siento—. Si lo hago por ti. Para que nadie interrumpa tu confesión. Dime.

—Dame las llaves… —musita.

—Estás flipando si piensas que te las voy a dar —respondo mientras me encaro.

—¡Que me des las llaves! —Brama mientras agarra mi mano para intentar cogerlas. Hace verdaderos esfuerzos por conseguirlo sin éxito. Estamos a una distancia en la que solo se dan besos o cabezazos. Me meto la llave en los pantalones.

—Vamos, valiente…

—¡¿Qué haces, loca?!

Hay gritos que te sacan del sueño como si fueses un papel que reducen a bola porque ya no sirve para su cometido. Gritos que vuelan disfraces de cartulina de charol.

Recuerdo un carnaval en el colegio en el que nos teníamos que disfrazar de figuras de ajedrez. Todas mis compañeras de clase querían ser reinas. Todas menos yo, que quería ser una torre. Mi madre se enfurruñó porque quería verme de reina por un día, acostumbrada a verme llegar todos los días con los pantalones rotos a la altura de las rodillas, y yo que no; que quería ser una torre. «Ahora, ¿por qué quieres ser torre, Sáhara? Tú siempre a la contra», me preguntó. «Porque así me siento», le respondí con más de indirecta que de justificación. Rápidamente, mi madre lo vio como un reto para hacer el mejor disfraz de ajedrez posible. Creó una estructura similar a la de una jaula de alambres circulares atravesando «ladrillos» de papel en tres niveles. «¿Te puedes mover?», me preguntó al terminar de ajustar el disfraz. «Lo justo, pero sí, mamá, puedo caminar», le respondí por no echar por tierra toda su dedicación. Para emular el final del torreón me puse una corona de flores en la cabeza.

Para ella, su concepto de torre era una reina enjaulada tras una estructura que apenas me permitía la amplitud de movimientos. Era un disfraz que sabía encarnar a la perfección.

Según íbamos de camino al colegio, todas las madres nos paraban por su obra, «Jacinta, tu hija es la mejor torre del mundo».

La mejor torre del mundo.

Así me sentía hasta que me despedí de mi madre en la puerta del colegio y me uní a la fila de mi clase con el resto de piezas de ajedrez. El colegio siempre tiene un poco de tablero improvisado. Felipe (el niño que siempre me hacía la vida imposible), nada más verme llegar alertó al resto de la clase, «¡Mirad, Sáhara es un rollo de papel higiénico gigante!». Todos los peones, alfiles, caballos y reinas se rieron de mí. Todos disfrazados riéndose de mí, como Ciro había estado haciendo desde que le conocí. No sé si los gritos tienen memoria, pero hay algunos que nunca se olvidan y el que Ciro me acaba de dar es el mismo que ese hombre de la plaza del Dos de Mayo.

—Me autoengañé pensando que el repartidor encantador que apareció en la casa de mi amiga no era el gilipollas que me empujó esa misma mañana por la calle…

—Sáhara, no es lo que piensas…

—Ahora lo veo claro, ¿te querías reír en mi puta cara?

—Si me dejas explicarte, te darás cuenta de…

—¿Querías presumir con tus amigos? —interrumpo sin margen de maniobra—. En plan «Puaj, y la crédula no se dio cuenta de que era yo. Cuando lo haga la payasa ya le habré dado lo suyo».

—Pero ¿quién te crees que soy?

—Ni lo sé ni lo quiero saber —respondo mientras hurgo en mis pantalones hasta sacar las llaves. Doy quince pasos hasta la puerta. Uno por cada día que le creí. Subo el cierre—. Solo quiero que te vayas…

—¿No me vas a dejar hablar?

—¿Cómo era eso que me dijo un gilipollas sangrando en el Ojalá? —Pongo mi dedo índice en el mentón haciendo como que tiro de memoria—. Ah, sí, que te pires… —contesto, y abro la puerta con la llave.

—¡Joder, Sáhara!

—Que te pires…

—¡Sáhara!

—¡QUE TE PIRES!

Su silencio suena a todo lo que quiere decirme colándose por el desagüe. Su silencio suena a todos los rotos que se autoconvencen de que todavía tienen arreglo. No sé qué me destroza más: la mentira que se lleva o el silencio que me deja como a una perra abandonada. No hay más verdad. Me mira una última vez antes de abrir la puerta e irse. Me vuelven a ver como un rollo de papel higiénico limpiándose el culo con mi confianza. Al salir se cruza con Coral. Me quiere saludar efusiva. Respira la toxicidad del ambiente y se vuelve cauta. Rebusco en el bolso la servilleta que le escribí y se la lanzo. Choca en su hombro. Cae en el mostrador abierta. Coral medita bien cuál será la frase que rompa el silencio. Mira al suelo.

—Me lo dijiste.

31

Editar contacto

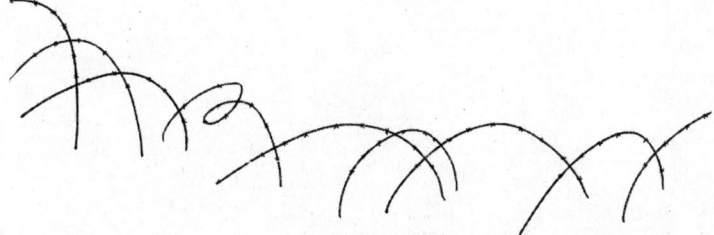

Nico repartidor

Ayer

Sáhara, siento las horas, pero no
puedo pegar ojo. Muy posiblemente
meta la pata otra vez en este
mensaje, pero va a ser la primera
vez que te hable con toda la
honestidad que tengo.
No nos conocemos de nada, solo
de un choque de bruces por la
calle, un reparto, unas elecciones,
una Feria del Libro desastrosa,
una cena, un abrazo sincero y una
mentira piadosa 03.41
Nos conocemos de poco, pero lo
suficiente como para saber que no
eres capaz de aguantar ni una mentira
más. Y yo estoy harto de que
siempre me metan en el mismo saco 03.44
Sí. Soy el mismo chico que se chocó

contigo en el Ojalá. Siento haberte
gritado esa mañana. No lo merecías
y pagué contigo el orgullo que me
tragué con otra persona 03.48
No. No soy Nico. Nicolás es un padre
de dos hijas maravillosas que tuvo la
mala suerte de cruzarse conmigo en
una noche de lluvia mientras trabajaba
como repartidor y de terminar en el
hospital por esquivarme. A eso me
dedico: jodo la vida a la gente sin
pretenderlo. Es por eso que quise
ayudarle a él y a su familia con otra
mentira. Trabajando haciéndome
pasar por él 03.56
Cuando te vi por la noche en casa
de tu amiga, me asusté. Me asusté
pensando en que me reconocerías.
Que llamarías a la empresa notificando
nuestro incidente. Que abrirían un
expediente a Nicolás y se descubriría todo 04.01
En el momento en el que no me
reconociste, sentí que tenía otra
oportunidad. No negaré que, al
principio, te seguía guardando rencor,
pero esa coraza dio paso a otra
oportunidad de hacer las cosas bien,
y cuando me sonreíste... 04.09
Joder. ¡Si hasta busqué por Instagram
todas las Corales que residían en
Madrid cuando pensaba que eras
tú quien se llamaba así en vez de tu
amiga! 04.10

Durante la cena, antes del abrazo…
me ardía la boca por decirte la verdad,
pero pensaba que tenía que proteger
a Nico. Ahora empiezo a darme cuenta
de que estaba enganchado a salvarme
de mí intentando salvar a las
verdaderas personas buenas 04.13
Intento demostrarme que no soy
como el capullo de mi padre y…
mierda… es como si pisara todas las
flores que hay a los lados del camino
por evitar seguir sus pasos 04.16
Este sí que soy yo. Intenso. Torpe.
Resabido. Cuando hablo, artificial,
por buscar las palabras exactas.
Ojalá nos hubiésemos conocido en
otro momento de mi vida.
Uno en el que me sintiese orgulloso
de mi verdad. Eres lo más sincero
que ha pasado por mi vida en
mucho tiempo 04.22
No te molestaré más. Si quieres
escribirme y conocerme de verdad,
no pidas un TraiGO porque ya me/nos
han despedido. Escríbeme por aquí
y estaré encantado de descubrirme
contigo 04.24
Por cierto, llevo toda la noche
pensando y la idea de negocio de
reparto sostenible ha dejado de ser
una mentira para ser el proyecto de mi
vida. Si cuando materialice la idea ya
me diriges la palabra, te haré un

descuento con el código
«CIROESGILIPOLLAS» 04.09

Ver contacto.
Editar.
Editar contacto:
Nico repartidor.
...
Escribiendo...
Ciro El Mentir...
...
Escribiendo...
Ciro El Intenso
...
Escribiendo...
CiroEsGilipollas.

32

Dedo en la llaga también es huella

La ausencia es una unidad de medida. Una caja negra, «lo que se pudo salvar». «Añorar» es un verbo vil. Una lágrima con doble filo.

Ayer compré ropa de invierno en rebajas para tener algo que guardar cuando llegue el verano. Esta última semana y media siento que vivo porque es lo que toca, que alimento los días con la palma de la mano extendida porque tienen dientes. Que lo único que me aleja de la idea de que estoy atrapado en el tiempo como Bill Murray es que cada mañana los churros de la cafetería saben diferentes. He descubierto el truco de hundirlos en dunas de azúcar. Se lo he visto hacer a un niño antes de entrar al colegio y me parece el mejor invento del siglo. Los camareros son políglotas. A los feligreses les hablan en otro dialecto más familiar, a la gente que entra por primera vez a la cafetería y no conocen de nada les tratan con una indiferencia cercana. En mi caso, no me ubican todavía en qué grupo pego más.

La fauna de un bar a las nueve de la mañana es un cadáver exquisito donde parece que cada uno ha presentado su Power-Point en un trabajo conjunto. La madre que grita al niño mientras le pide que no grite. Grito si no come. Grito si se mancha por comer rápido. Grito porque no se toma el colacao. El hombre con el mono de trabajo que pide una cerveza para poder sobrevivir a los días clónicos inmutables. Los ancianos que llevan despiertos desde las seis de la mañana y buscan conversación de obra hasta que llegue la franja horaria en la que la televisión les haga compañía. Como esa mujer acompañada de un sanitario. Sentada con los pies hacia fuera, y el andador aparcado.

Se gira y fija su mirada en mí como un superdepredador, quiero hacerme el longuis, pero ya es demasiado tarde. Le dice algo inaudible al cuidador, este la ayuda a bajar y, con pequeños pasos, la acompaña hasta la silla que tengo enfrente para sentarse. Se sienta con ligera dificultad y el cuidador se va fuera del bar a esperar en la puerta como si fuese un machaca. Ella se ve como un capo de la mafia que tiene inmuebles como esta cafetería para blanquear dinero. Un capo de esos que dan una palmada y todos los que están en la cafetería se levantan y se marchan porque trabajan para ella. Ese rollo. El camarero le acerca un café, un churro y dos porras. Quedarme mudo e inmóvil no me salvará esta vez.

—Bu-buenos días, usted es la abuela de Sáhara, ¿no?

—Sí —contesta con frialdad enervada mientras sopla el café—. Y tú eres el mentiroso que quedó con ella, ¿a que sí?

—Ya veo que se lo contó todo…

—Todo todo —añade satisfecha con su técnica de desmoralización—. Lo bueno de que ella tenga una madre con la que no quiere hablar y yo una hija que no sabe escuchar es que la abuela se convierte en confidente, cómplice, testigo, juez y verdugo.

—Espero que no sea todo todo —afirmo mientras me viene a la mente nuestra primera conversación de WhatsApp.

—Todo. Una abuela lo que no sabe lo intuye y, a partir de cierta edad, intuir y saber vienen a ser lo mismo —musita mientras da el primer bocado al churro—. También me contó lo de tu confesioncita de madrugada…

—Dios…, ¿y qué le dijo al leerlo?

—Hijo, hay una parte de «confidente» que no has entendido. Lo que sí que te puedo decir es que Sáhara lleva muy mal la mentira —contesta mientras hace el movimiento de levantarse de la silla y sentarse, supongo que es algún ejercicio de rehabilitación—. Todos los hombres que han pasado por su vida le han mentido, su padre el primero. A Sáhara lo peor que le puede hacer alguien es mentirle y vas tú y…

—Y soy otro más que le miento…

—Conmigo no te hagas el pobrecillo que soy perra vieja, ¿eh?

—No lo pretendo. Solo digo las cosas como son.

—Veo que empiezas a decir la verdad. Bien.

—Me lo va a poner usted difícil, ¿no? —pregunto cambiando el tono por uno más vencido.

—Yo te lo estaré poniendo difícil, pero ella te lo va a poner imposible —responde, y se bebe el café sin echarle ni azúcar—. Aquí donde me ves no me fío ni de mi mala sombra. No se salva ni uno, pero sé cuándo alguien intenta hacer las cosas bien y tú quieres hacerlas.

—No sabe cuánto…

—Pues empieza por decir la verdad. No a los demás, sino a ti mismo —aclara mientras golpea con la cucharilla del café el cristal de la ventana para que el sanitario machaca se dé por aludido. La mira y entra rápidamente con el andador—. Y cambia esa cara, que eres demasiado guapo como para hacerte la víctima.

—¿El sanitario me puede ayudar también con el rapapolvo que me está dando?

—Si has sido valiente para mentir a mi nieta, tienes que serlo para aguantar que te lea la cartilla —me reprende agarrándose al andador—. Una última pregunta.

—Dígame.

—¿De verdad vas a hacer esa empresa para el barrio?

—Sí, ya estoy con el plan de negocio. Con todos mis ahorros y un pequeño préstamo tengo para empezar.

—Te haré pedidos entonces. Pase lo que pase siempre podrás decir que Sáhara te cambió la vida —finaliza, deja un par de monedas en la barra y sale por la puerta.

A veces que te pongan el dedo en la llaga también es una forma de dejar huella. A veces sobre la sangre brotan vergeles. A veces uno deja de alimentar a los días con pan duro y por un momento no te comen vivo.

Sáhara

Hoy

Siento escribirte, pero acabo de desayunar con tu abuela. No la he seguido rollo psico, eh? Nos hemos encontrado en la cafetería y me ha cantado las cuarenta. Tienes una abuela increíble, y no veas ya cómo anda. Solo quería decirte eso. Feliz día 9.35

A veces no es solo a veces, pero repetiría todas las veces el instante en el que me choqué con Sáhara.

Sáhara
Escribiendo…
Hoy

33

La verdad de los billetes falsos

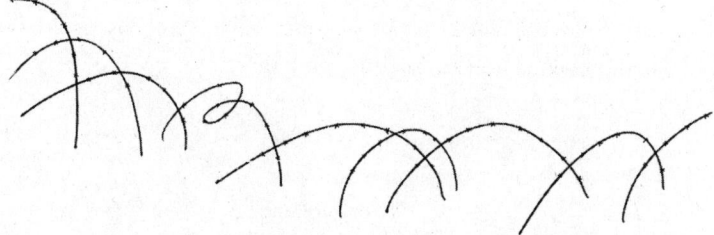

Ayer estuve hablando con Ciro. Lo justo. La duración de una conversación cuando una de las dos partes está enfadada emula a la de las películas de secuestros cuando quieren detectar la llamada. No puede durar más de un minuto. Hablamos de su proyecto de negocio y, si mentía sobre esto, estaba estudiando mucho para que pareciese veraz. También me propuso quedar el domingo y no me cerré a la idea. Tampoco dije un sí. Hablamos lo suficiente como para saber que no quería degollarlo como Arya Stark a Meñique, pero bastó para que dibujara alguna que otra sonrisa tonta. Tan tonta como yo por seguir hablando con él.

Por supuesto, nada más salir de la tienda quedé con mi Lita y le sonsaqué todo. «Al chico lo has dejado tocado, niña», respondía, en busca de la mirada cómplice de Mateo, el sanitario, el cual asintió con la cabeza enérgicamente para dar a entender que Ciro parecía desesperado. Al final, mi abuela había conseguido estrechar lazos con él y evitar así que mi madre la ingresara en un centro de cuidados.

«¿De verdad le crees, abuela?», le pregunté sorprendiéndome a mí misma de mi necesidad de saber su opinión sobre ese fantoche.

¿Por qué no me lo podía quitar de la cabeza? A otros los había mandado a freír espárragos por mucho menos. Personas que casi no me acuerdo ni lo que me hicieron. ¿Y si también me ha mentido con lo de ayudar a un hombre? Es que ya no le creo nada. Ciro y mentira van unidos. «No soy yo quien le tiene que creer. A lo mejor quiere conocerte y hacer las cosas bien o a lo mejor…», respondió dejando la frase a medias para no hacerme daño. «A lo mejor, ¿qué?», incidí. «A lo mejor solo te ve como un reto y la única mujer que se lo ha puesto difícil».

Tengo la certeza de que no cabe una mentira más en mi cuerpo. La certeza de que, si lo hacen otra vez, estallaré como una piñata bateada por el niño más caprichoso del cumpleaños y caeré como un confeti de sinsabores.

¿Creo a Ciro o a mi desconfianza? A mi desconfianza la creo desde que me la dejaron en la puerta de casa en un canasto el día que desapareció mi padre para no volver.

Desde que trabajo en esta tienda, ¿cuántos billetes falsos me han intentado colar? Descubrir el truco ahí es más fácil. Observas el billete a trasluz para ver la línea oscura vertical y la marca de agua con el retrato de Europa. Lo tocas para comprobar la resistencia y la rugosidad en relieve. Y giras para comprobar que el número pequeño cambia de color. Ciro ya consiguió colarme el primer billete, ¿de verdad le voy a volver a dar cambio?

—Hola, Sáhara, supongo que seré la última persona que esperabas ver hoy en la tienda.

Es Carolina. La novia de los Navarro. La que ha pregonado por todo el vecindario que yo intenté romper su boda. La que se fue con otra floristería (una más cutre y falta de gusto).

—Carolina, créeme que hay gente que espero menos —contesto entera—. ¿En qué te puedo ayudar?

—Quería lavanda, girasoles… y saber si crees que debería casarme la próxima semana con Jaime.

No sé cómo un día de estos no se me secan las flores con tanto sobresalto.

—¡¿Cómo?! Carolina, estoy yo como para dar consejos…

—Mira, creo en las señales y lo de tu llamada fue una.

Ahora la Carolina recatada, la de buenos modales y altiva, es sensible a las energías. Tócate el mondongo.

—Ya te dije que descolgué el teléfono sin querer mientras discutía con alguien… —aclaro.

—Sáhara, ¿tienes pareja?

—¿La verdad? No sé si sería capaz de mantener una.

—¿No estás abierta al amor?

—Más bien estoy cerrada en la desconfianza.

—Por eso tú eres la mejor persona que me puede aconsejar. —Se aleja mirando de lado y dando toquecitos con las uñas de gel sobre el mostrador—. No me fío de Jaime. No por él. Llevamos cinco años como pareja y cuando estábamos en esa etapa inicial, antes de saber qué éramos y adónde íbamos, tanto él como yo tonteamos con otras personas. Nada serio, eso sí. Pero sé que me es fiel.

—No entiendo —le contesto mientras envuelvo la lavanda—. Entonces ¿qué problema hay?

—Pues que no sé si estoy preparada para casarme y busco cualquier motivo para huir hacia delante —lo dice de carrerilla, como si no fuese capaz de otra manera.

—¿Puedo preguntar algo privado?

—Claro.

—¿Amas a Jaime?

—Hasta los huesos.

La intensidad de Carolina me está mareando.

—Entonces ¿qué es? ¿Miedo al compromiso? ¿A no estar en el mercado?

—A sufrir. Con Jaime cuanto más amor siento es como si un miedo más grande naciera. Como si viniera en el sidecar.

—¿Podrías vivir sin él? Perdona. Que me estoy pasando de confianzas…

—No, no. Si agradezco lo directa que eres. Es una de las cosas que me llamó la atención de ti el primer día que vinimos —asegura mientras se acerca a oler unos lirios—. ¿Que si podría vivir sin él? Perfectamente. Tanto sola como acompañada de otros. Podría pasarlo en grande. Volver a la adrenalina. Irme de casas ajenas con las bragas en el bolsillo. Estrenar lencería nueva cada fin de semana. Viajar sin avisar. No tener que cuadrar agendas. Sentir que descubren mi cuerpo con el hambre de las primeras veces o pasar de los hombres, comprar una batería externa para el satisfyer y centrarme en mí. No, no me moriría sin él. Pero volvería a vivir en minúsculas.

—Cualquiera puede estar solo…

—Nadie quiere estar solo, lo que quieren es estar bien.

—¿Y con Jaime estás bien?

—Con Jaime soy.

—Pues, Carolina… A la lavanda invito yo, los girasoles son veintinueve euros y el consejo, más que dártelo, me lo has dado tú a mí —contesto mientras envuelvo el ramo.

—Ja, ja, ja. ¿Cuál ha sido el consejo?

—Que la desconfianza no es más que miedo indefenso que se quiere colar en todas las fotos.

—Pues habrá que poder con él, que es uno solo y no tiene quien lo defienda —responde sonriente mientras saca la cartera—. Sáhara, te quiero pedir otra cosa. Bueno…, dos.

—Espero que sean más fáciles.

—Quiero que vengas a la boda. ¡Espera, todavía no respondas! Quiero que vengas a la boda y… que me hagas el ramo de novia… ¡Te lo pago por adelantado! —propone mientras saca un billete de quinientos.

—Carolina, en serio… No hace falta. En las bodas suelen pedir presupuesto en una floristería y luego se van con…

—¡Que no, que quiero que lo hagas tú!

—Vale. Pero ¿adónde vas con quinientos euros?

—Por las molestias.

—De acuerdo, pero con la condición de que me dejes hacer el ramo de novia que quiera.

—¿El que quieras? —pregunta temerosa.

—Te casas en una semana, ¿quieres el mejor ramo de novia que se vaya a ver en una boda? Pues confía en mí, que la desconfianza no nos ha llevado a nada bueno.

—Vale, pero ven a la boda. Que hay gente que te quiero presentar.

—Solo si puedo ir con una amiga.

—Claro, claro —finaliza cogiendo la bolsa con la lavanda y el ramo de girasoles—. Toma. Quinientos euros por un ramo de novia sorpresa.

—Espera —interrumpo mirando el billete a trasluz—. A ver si va a ser falso… ¡es broma! Tendrás el mejor ramo de la historia.

CiroEsGilipollas
Hoy

Está bien, CiroEsGilipollas. Mañana domingo. Cena a las 21. NO ES UNA CITA. Pagas tú 12.34

34

Pies en la arena

8 a. m.

Me siento vivo. Hoy todas las estatuas de los museos han despertado con chupetones en el cuello. Hay domingos que son amigos invisibles. El último antes del verano es un domingo a prueba de fallos.

9 a. m.

Han retirado todos los retrovisores de los coches. La vida hoy no suena como un vehículo con carga pesada yendo marcha atrás. Entro en la cafetería y el camarero ya sabe lo que desayuno. Lo recojo como segundo documento nacional de identidad. Me estoy haciendo al barrio y a sus fosas abisales.

10 a. m.

Me voy de la cafetería y he dejado propina. Me ha jodido no encontrarme con la abuela de Sáhara. Quería darle las gracias como quien devuelve un táper de los buenos.

11.11 a. m.

Acabo de hablar con mi madre. «No sé qué mosca te habrá picado, pero qué feliz se te oye», ha espetado. Intentó meter hasta tres veces a mi padre en la conversación y no me ha molestado. Que estaba en un viaje de negocios. Le he comentado el boceto del mío. Me ha dicho que mi padre me podría avalar si me sentara con él. Le he contestado que me las apaño, que tengo para empezar. Ha presumido del viaje que van a hacer este verano. Que a mi padre le iba a salir por un pico. He mostrado entusiasmo por saber los detalles. Madre dolida nunca aguanta la pelea si no devuelven los golpes, y hoy la culpa no es una avispa que se posa en mi plato.

12 a. m.

He vuelto a coger la bici. Por gusto. Desde que nos pillaron a Nico y a mí no me había vuelto a subir. Soy un niño que nunca tuvo pueblo donde veranear, pero mi bicicleta es un castillo ambulante. Madrid Río es la cáscara de una aurora boreal y acelero por su Ribera.

1 p. m.

Tengo tentación de escribirle para ver que no se arrepiente a última hora. Revoloteo por su conversación cuatro veces. En cuanto la veo «en línea» huyo como si me fuese a descubrir. Reviso otras conversaciones; borro la de Nerea, borro la de Lara y borro la de Iris. Hay adioses que no llaman a la puerta. Revisito la conversación de Sáhara como si fuese la galería de pósters antiguos de las tiendas que remiraba una y otra vez de niño. Escribo. Borro. Escribo. Borro. Dejo el móvil en la cama. Me masturbo.

2 p. m.

Acabo de despertar después de echarme la siesta del burro. He soñado con ella. En el sueño ella me decía «Pero no te vuelvas a ir sin despedirte. Me sentó fatal», a lo que yo le respondía «No te puedes despedir de donde te quieres perder».

3 p. m.

En casa no me aguanto. Las terrazas de Lavapiés me toleran. Pido una caña y aún no pido la carta para que me traigan el aperitivo. Me cuelo en conversaciones de otras mesas. Ahora sé que los asesinos de las películas nunca pueden usar iPhone.

4 p. m.

Apuro el café solo con hielo. Pido la cuenta al camarero hasta tres veces. El chico es joven. Solo tiene ojos para una mesa de cuatro chicas tanoréxicas. Recuerdo los simpas que hice de adolescente. Creo que me he quemado la nuca de estar tanto rato bajo el sol.

5 p. m.

Intento matar el tiempo viendo mi película favorita: *El caso Slevin*. Sucede mi diálogo preferido: «Los desafortunados no son más que una referencia para los afortunados, señor Fisher. Usted es desafortunado para que yo sepa que no lo soy. Por desgracia, los afortunados no se dan cuenta de que lo son hasta que ya es tarde. Por ejemplo, usted ayer estaba mejor que hoy, pero hacía falta lo de hoy para que se diera cuenta. En cambio, hoy ha llegado y ya es tarde, ¿entiende? La gente no se contenta con lo que tiene, siempre quiere lo que tenía. O lo que tiene otro», dice El Rabino (interpretado por Ben Kingsley) a Fisher (interpretado por Josh Hartnett).

Hoy es un potencial todavía.

6.45 p. m.

Entro a la ducha. Dejo el móvil con sonido por si me llama Sáhara o me escribe. Pongo música. Suena «Sweather Weather» de The Neighbourhood. «También odio la playa, pero estoy con los pies en la arena». He quedado a las nueve con ella en el Ojalá. He reservado en la planta de abajo. Tiene una playa artificial.

7 p. m.

Apunto con el secador en el espejo empañado hasta descubrir mi cara. Siento que mis últimos meses han sido ese cristal empañado que no me devolvía mi imagen.

8 p. m.

Sáhara
Hoy

Holaaa. Salgo ya de casa para
nuestra NOcita. Si llego antes,
te espero abajo, desaparecida 20.22

287

9 p. m.

Llego antes que ella. Estudio mentalmente qué pose natural forzar por si dobla la esquina y aparece. Malasaña a estas horas los domingos es una pasarela de encuentros. Los saludos dicen mucho. La mano estrechada es control de la situación. Beso torpe en la mejilla, nervios. Beso en la mejilla con mano en la espalda, seguridad. Beso en la comisura, se van a ir a follar antes de que se derritan los hielos. Un abrazo rápido, ansia. Un abrazo lento, ex que se reencuentran y puede pasar todo lo anterior.

9.11 p. m.

Sáhara
Hoy

Oye, cómo vas? Ha pasado
Algo? 21.11
No me irás a hacer la de no
aparecer... 21.19

La idea de que no venga me empieza a desmenuzar. Busco su cara en cada paso que se acerca. Encuentro el reflejo de la mía en el cristal. Observo mi rostro. De él cuelga una desilusión deslucida. ¡No va a venir! Luzco una decepción desgastada. Desmerecida. Lo único que hice fue crear una segunda primera impresión. No utilizar el orgullo como medio de transporte. Bajarme del burro. Hay mentiras y mentiras. Las que se dicen para ocultar verdades y las que se dicen para que dé tiempo a mostrar la verdad. No todas merecen el mismo castigo. No tengo la culpa de su pasado. No merezco este presente escarmentado. ¡No va a venir!

10 p. m.

Sáhara
Hoy

Me esperaba de todo menos
esto. No sé si lo has hecho
por darme con mi propia
medicina, porque creías que era
el escarmiento que merecía o qué…
El tiempo es igual de importante para todos.
Incluso, si me preguntas, mi tiempo es
más importante que el tuyo
porque para eso es mío.
Podías haber dicho que no te
apetecía. Inventarte alguna
excusa cutre como que tu
abuela se ha puesto peor,
cualquier gilipollez, pero
hacerme venir aquí para nada
solo por darte el placer de que pierda
el culo por ti… En fin.
Cuídate y que te vaya bonito.
Al final tu abuela tenía razón.
Eres imposible 22.01

Ciro, mi abuela se ha muerto
esta mañana… 22.22

35

Mi abuela y el juego del escondite

No es mi abuela. No es mi Lita. Es una réplica diminuta. En algún momento saldrá de su escondite y me dirá que todo esto es una broma macabra. Mi abuela no es un muñeco de cera bañado en Bio Sac 200. Sí. Lleva su vestido negro favorito, su pelo cardado de las grandes ocasiones, hasta han recreado a la perfección su lunar en el mentón, pero sé que no es ella. Mi abuela no duerme así. Se tapa hasta la papada, pero saca una pierna por fuera. No es ella. Yo lo sé y a nadie parece importarle el cambiazo.

Recuerdo una Nochebuena que pasé con mis abuelos y mi madre. Antes de la cena nos quedamos sin luz; bueno, nosotros no, todo el vecindario. Mi abuela abrió los cajones y descubrí que contenían un arsenal de velas. Sentí que tenía la ciudad de Las Vegas guardada en una cómoda. Una a una fuimos encendiendo todas las velas y es una de las mejores noches que recuerdo. La misma casa que celebró la vida en mitad del apagón ahora conmemora la muerte con todas las luces dadas.

¿Por qué se celebra la muerte? Mi abuela celebraba morir un poco más cada día, pero los velatorios son cumpleaños reimaginados por Tim Burton hablando en pasado. Pregones de la ausencia de vida. Un carnaval con orificios taponados con algodón. Pero es que mi abuela no está muerta, solo se está escondiendo y nadie quiere entrar en su juego.

«Hoy no abras. Ven a casa de tu abuela», me dijo mi madre esta mañana al otro lado del teléfono. Quería contármelo en persona, pero hay cosas que se saben por el tono. Y el suyo sonaba a pérdida. A golpe de sangre salado. A los dos minutos de llamada me lo confesó. Me faltaba Madrid a la que agarrarme y en la puerta de la floristería colgaba el cartel de CERRADO POR DEFUNCIÓN.

Mi madre ha querido hacer el velatorio en casa, no por los costes. Fue petición expresa de mi Lita después del show que tuvo que soportar cuando falleció mi abuelo Narciso. Ella no quería ser trasladada como mercancía. Por un día, la casa donde se cayó mi primer diente, el templo del bol de colacao con galletas, la casa de los sábados de cocido madrileño y de colgar monigotes blancos en la espalda en los Santos Inocentes no era una casa. Era un domicilio mortuorio.

—Te acompaño en el sentimiento —consuela un señor mayor. Lo acompaña Paco, el farmacéutico. El señor debe de ser su abuelo. A Paco no lo veía desde que me choqué con Ciro.

—Gracias por venir —respondo con un automatismo inmóvil.

—¡Sáhara! —grita Paco estrujándome con sus brazos—. Lo siento taaanto. Siento no haber estado ahí cuando más me necesitabas. Encima tú sola.

—Eres muy atento, pero no hace falta…

—¿Cómo que no? En serio, si necesitas ayuda con tu duelo personal, avísame —dice, y entra con su abuelo en la habitación.

—Prefiero pasarlo sola, pero gracias, de verdad.

¿Por qué me dicen que me acompañan en el sentimiento? No saben cómo me siento. Ni se lo imaginan. No conocían la forma de llamar de mi abuela a mi puerta. Nunca vieron cómo golpeaba la tapa de los libros dos veces antes de abrirlos para leérmelos todas las noches. Jamás escucharon el silbido irrepetible con el que me llamaba desde la ventana. Tampoco sabrían trazar el recorrido que hacía con sus dedos en mi pelo para dormirme. Yo no sé cómo se debieron de sentir ellos con sus propios difuntos. ¿Cómo pueden decir que me acompañan en el sentimiento? ¿Por qué no me ayudan a encontrar a mi abuela?

—Sáhara, ¿Coral ya se fue?

—Hace unos cuarenta y cinco minutos, mamá. Llevaba en casa desde la una de la tarde y le he dicho que se fuese a descansar ya. No se despidió de ti porque no quería entrar en la habitación.

—Qué sol de niña… ¿podemos hablar?

—¿Sobre qué?

—Pues que no sé qué hacer —responde mi madre aturdida.

—¿Con qué?

—Que tu abuela no quiere que la entierren con el abuelo —explica mientras se tapa la boca con un pañuelo exhausto.

—Pero ¿cómo no va a querer? Si se moría por el abuelo.

—Yo tampoco lo entiendo, pero la semana pasada me hizo prometer que cuando se muriese la incinerara. Que metiera en una urna un poquito de ella para descansar con el abuelo y el resto… en el estanque de El Retiro.

—¿Cómo? —Noto las costillas anestesiadas. En otra ocasión me dolerían de reír—. ¿Y vas a hacerlo?

—¿Estás loca, hija? ¿Tú me ves a mí cogiendo una barca de El Retiro para remar hasta el centro del estanque y tirar las cenizas? ¿Y si me multan? Lo que ocurre es que tu abuela me odiaba y quería verme pasar vergüenza hasta muerta.

—Mamá, hay que cumplir su último deseo.

Suena el timbre.

—¡Qué deseo ni qué deseo! Anda, abre tú, que voy a servirles algo a Melquíades y a su nieto.

Abro la puerta.

Es Ciro.

—No me esperaba que vinieras… —le digo, y entorno la puerta de casa tras de mí.

—Sáhara. Te he pedido la dirección del velatorio. No te iba a enviar un TraiGO. —Sonríe y me abraza—. Ni me imagino cómo te puedes sentir…

En mis costillas ya no hay rastro de la anestesia. Me derrumbo. Me derrumbo en sus brazos como si abriera una llave de paso. Me hundo en su cuello y la tristeza deja de ser una piedra estática para disolverse y volverse barro. Carolina, de los Navarro, me dijo que con Jaime es. Con Ciro estoy siendo. Quiero besarlo, pero nadie debería dar un primer beso con lágrimas en los ojos. A esos no se les puede llamar besos. Transformo las ganas en aferrarme más a ese abrazo. Ciro hunde sus dedos en mi pelo. Ha descubierto el recorrido que construyó mi abuela. En la tristeza también hay fuego. La punta de mi nariz está rozando su clavícula. Con subir un centímetro y acariciar mi labio superior ya estaría. Él lo sabe. Está haciendo presión con los dedos en mi pelo. Suave. Imperceptible. Firme. Quiere que lo note. Le voy a besar el cuello…

—¡Sáhara!

Me despego de Ciro. Han abierto la puerta. Quien me llama desde el quicio es la cara desencajada de Paco.

—Paco… Ahora entro —respondo con más paciencia que vergüenza—. ¿Mi madre quiere algo?

—No, era para ver si podía hablar contigo —dice aguantando el llanto—. Pero ya has hablado tú por los dos. Ahora todo tiene sentido —contesta, y entra otra vez en el domicilio mortuorio por un día.

Mi abuela dice que Paco se parecía a Almeida. Con lo dramático que es, le veo más parecido a un figurante de *El secreto de Puente Viejo*.

—Sáhara, no te quiero molestar, que tendrás que atender a gente. Ya hablamos otro día.

—No, por favor —le contesto, y me siento en la escalera del descansillo—. Quédate aquí un poco y me alejas de la muerte y su celebración por unos minutos.

—¿Cómo fue?

—Me ha dicho mi madre que simplemente no se despertó. Una embolia grasa. No ha sufrido.

—Podría intentar animarte y decirte la visión que tengo de la muerte.

—Tú estás muerto por dentro, Ciro —replico, y quiero sonar divertida.

—No te vengues por mi wasap incendiario. A veces tengo mis momentos vívidos.

—Y bastante buena estoy siendo…

—¿Mañana es el entierro?

—No lo sabemos. Por lo visto, mi abuela le expresó a mi madre su deseo de que la incineraran.

—Bueno, eso no es malo. Cada vez más gente lo hace. De hecho, yo puede que esté muerto por dentro, pero cuando lo esté por fuera también, quiero que me incineren.

—Ya, pero hay un problema.

—¿Cuál?

—Pues que mi abuelo Narciso está enterrado y mi abuela pidió dejar parte de sus cenizas con él en una urna y el resto… tirarlo en el estanque de El Retiro —desarrollo mirando al frente—. Ciro, me voy a girar. Como te estés riendo te tiro escaleras abajo.

—Te acompañaré —musita convencido.

—Pero ¿cómo me vas a acompañar, tarado? —le pregunto mientras se levanta eufórico.

—Que te acompañaré, ¿el martes trabajas?

—No sé, creo que no… Mañana es el entierro y a partir del martes creo que mi madre estará en la tienda. Es su forma de llevar el duelo.

—Pues el martes por la tarde, tú y yo vamos a El Retiro a tirar las cenizas. Las OCA no son solo cuando hay niños delante. —Planea, y se agarra a la barandilla—. Anda, entra que seguro que te necesitan. Nos vemos el martes.

—Ciro, gracias por animarme. —Me acerco para volver a abrazarlo.

—Si me abrazas así otra vez, no podré aguantar —finaliza, y me da un beso en la frente y otro antes de bajar las escaleras.

Mi abuela lleva todo el día jugando al escondite, pero he aceptado que no quiera que la encuentren.

36

La expectativa de las cenizas

La expectativa de los cambios

(Puerta de los embarcaderos de El Retiro).

Estoy en la cola para comprar dos entradas para las barcas y Sáhara aún no ha llegado. Todavía quedan por delante ocho personas, pero no falta mucho para que cierren y, si nuestra misión es diluir en el agua las cenizas de una difunta, no podemos ser los últimos en las barcas bajo la atenta mirada de todos los vigilantes mientras esperan a que terminemos para cerrar. Ella no puede con la mentira ni yo con mi capacidad narrativa de inventar escenarios donde me van a hacer daño. En el tema de patrones repetidos cada uno elige sus armas.

Quedan cinco personas y sigue sin aparecer.

Mis primeras citas adolescentes en la época de «devolver la llamada perdida si te gustaba; dos si te gustaba mucho» consistían en tardes de centro comercial y película de cine. Yo era el que compraba las dos entradas y esperaba, con fe canina, sabiendo que la chica llegaría. Y llegaba. Palomitas de caramelo, película potable, dos Coca-Colas aguadas, *petting* áspero y volver a casa con un dolor genital considerable. «Petting», cómo le gusta ese término a Nico.

Nicolás… Ojalá se alegre por mi idea de negocio.

Quedan dos personas para que nos toque y por fin aparece. Abrazo errático, nada que ver con el del descansillo. Ese abrazo brotó y no he dejado de pensar en él ni durante todo el camino de vuelta a casa el domingo ni durante todo el día de ayer. Este ha sido más un abrazo torpe que pierde en las comparaciones, pero gana en las expectativas.

—¿Dónde estabas?

—Perdona, estaba preparando un ramo de novia para este sábado y mi madre seguía sin querer que tirase sus cenizas al estanque.

—Y... —Miro la mochila que lleva a su espalda—. ¿Las traes?

—¿Crees que olvidaría algo así? ¡Ostras! ¡No me lo puedo creer! ¡Me he olvidado las cenizas de mi abuela y las llaves!

—¡Puedes bajar la voz! No soy experto en tirar cenizas —musito, y el taquillero nos mira porque nos toca—. Dos billetes, por favor.

—¿Cómo fue el entierro? —pregunto mientras intento cogerle el punto a esto de remar.

—Innecesario. Cuando mi abuelo murió no me atreví a verlo en el velatorio. Quería quedarme con su cara viva antes que... con la otra. Entonces en su entierro rompí a llorar. Con mi abuela, al tener que organizar el velatorio en casa con mi madre...

—¿La viste en el ataúd?

—Todo el tiempo. Cierro los ojos y veo su cara. Coral, mi amiga, la que vive en la casa donde llevaste el pedido, intentaba sacarme de la habitación y entretenerme hablando de nada, pero en cuanto podía entraba en el cuarto como el que va a la nevera sabiendo que está vacía y aun así la abre una y otra vez.

—Oye... De verdad que siento el mensaje que te envié, pensaba que me estabas castigando o algo así, y mi cabeza hizo el resto.

—¿En serio quieres hablar de eso con las cenizas de mi abuela observando?

—A tu abuela le encantaría hacerlo.

Sáhara suspira. Pretende sonreír, pero su sonrisa es un aterrizaje de emergencia.

—Ciro, tienes que rendirte.

—¿Rendirme? Con que quieres que me dé por vencido.

—No. He dicho rendirte, no darte por vencido. Es muy diferente. Rendirse a algo es abrazarlo, entender que, por mucho que queramos o no, eso está ahí y hay que darle el espacio que merece. Darse por vencido es dejar de luchar. Abortar misión. Tienes que rendirte a que los demás no estamos para cumplir tus expectativas, tanto las buenas como las malas. No te pueden dominar las expectativas, porque, si no, te vas a ver haciendo y deshaciendo en función de algo que solo ocurre en tu cabeza.

—Ya. No puedo evitar pensar. Cuando era pequeño creía que tenía poderes porque era capaz de mirar a la gente y hablarle sin que se me escuchara por fuera. Con el paso de los años me di cuenta de que eso era pensar.

—De pequeña no te soportaría.

—De adulta tampoco es que lo hagas mucho.

—Eso no lo sabes…

—Eso quiere decir que…

—Ciro —interrumpe con una sonrisa aterrizada con éxito—, ya estás con las expectativas.

Llegamos al final del estanque y me detengo. Los vigilantes quedan muy lejos. Todas las barcas blancas y azules parecen coches patrulla. Nos sentimos en la intimidad rodeados de gente. Somos un barquito pesquero a la inversa. Anticarontes. Vamos a devolver la vida al mar.

—Ya es la hora, Sáhara.

Sáhara saca la urna de la mochila. Me imaginaba algo con más aspecto de urna. Esta tiene una forma de piedra amatista con un nervio morado. Parece que está tallando dulzura en la piedra.

—Me dijiste que tenías tu propia visión de la muerte, Ciro. —Aparta la mirada dulce de la piedra y me mira atentamente abrazando la urna como un cojín—. ¿Cuál es?

—¿Valen intensidades?

—En los velatorios, en las bodas y en las barcas de El Retiro están permitidas.

—De acuerdo, luego no te quejes. Creo que en este país se vive la muerte como si te despojaran de la posesión más preciada. La parte de ella que era tuya siempre estará en ti, y mientras vivas y la recuerdes te acompañará. La otra parte, la de tu abuela como ser individual e independiente, tuvo su proceso. Su camino. Su inicio y su meta. Sus vivencias. No sabemos qué hay después. No sé si hay más allá. No sé si nos reencarnamos. No sé si el alma trasciende y el cuerpo es un pellejo que sirve para crear nuevas especies de hongos mientras nuestra energía se comunica por el micelio como una ardilla saltando de rama en rama por un bosque negativo. Solo sé que tu abuela va a estar contigo. Te voy a contar un sueño. Aunque no creo que se tratara de un sueño, fue algo más. Soñé con una ciudad que era el sumatorio de muchas ciudades que había visitado. Una ciudad que tenía la Gran Vía de Buenos Aires, puentes de Ámsterdam, pasillos estrechos como la calle Sierpes de Sevilla que desembocaban en plazas parisinas, cuestas toledanas que llevaban a las calles de Bilbao, y a la derecha, por un callejón estrecho, otra barcaza esperando en la Albufera al atardecer. Dentro de ella, sentada, una mujer mayor con un abrigo ocre de rayas perpendiculares azules y naranjas. Tomé asiento y me puse a charlar con ella. Hablamos de mi vida, de lo que deseaba, de que el día de mañana me gustaría tener una hija y que le pondría de nombre Lucía. Que nunca luciría callada. Hablamos también de mi madre. La mujer me regañó por no cuidarla. Después de conversar de todo un poco, me pidió que la ayudase a tumbarse en el agua. El agua ya no era la Albufera, sino un mar abierto.

En otro momento estaría preocupado por ella. En ese sentí paz, sentí que ese era mi cometido. Así pues, bajé de la barca haciendo pie y la ayudé a tumbarse totalmente vertical, flotando. Y me alejé, me alejé despacio, con el alma llena. Sin mirar atrás. Cuando volví sobre mis pasos y ya estaba otra vez por las calles de Bilbao, sonó mi teléfono. Era mi madre. Al descolgar me preguntó si había visto a mi abuela, que le había dicho que iba a quedar conmigo y no había vuelto a saber más. Y en el sueño lloré, lloré porque supe que esa mujer era la suma de todos mis abuelos queriendo salir de mí para tener otro ratito conmigo. La muerte se puede llevar muchas cosas, pero una parte se queda contigo.

Miro a Sáhara. Está llorando. Llorando de felicidad. Regando la amatista con nervio morado.

—Ojalá me hubieses mostrado al Ciro de verdad desde el principio…

Susurra algo inaudible a la piedra. No intento afinar el oído y le dejo su espacio. Sumerge la urna en el agua y se hunde sin épica. Como si se la tragara el estanque. Como si siempre hubiese sido suya. Su concha.

Con soltura consigo maniobrar con los remos para dar la vuelta a la barca y comenzar el regreso a la entrada. No quiero preguntarle cómo se siente.

—Sáhara, ¿qué haces el sábado?

—Tengo que ir a una boda con el ramo.

—Ah, ¿que te casas? ¿Entierro y boda en una misma semana? Vives al límite.

—¡Mucho tardaba en salir el Ciro gilipollas!

—¿Y el domingo? ¿El domingo cómo lo tienes?

—Por la tarde noche libre… Pero es la Noche de San Juan.

—Pues no hagas planes que te quiero invitar a algo.

—Ciro…

—Una invitación sin expectativas.

37

La boda, la radio y el hotel

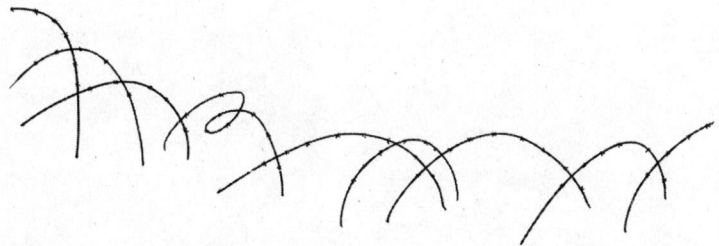

—Ya hemos llegado, señoritas. Carretera del Castillo, 10 —responde el taxista—. Serían cuarenta y siete euros justos.

—Sería con tarjeta —aclara Coral.

—¿No lo tienen en efectivo? Es que el datáfono no me funciona muy bien y no sé yo si va a estar por la labor —pregunta, y zarandea el aparato.

—Pues no tenemos efectivo —añado sujetando el ramo en la mano como si fuese un neonato—. Así que o el datáfono está por la labor... o no sé yo.

—Pues vamos a probar —contesta, y resetea el aparato—. ¿Ese es el ramo de la novia?

—Síí —brama Coral—. ¿A que es el ramo de novia más bonito que ha visto?

—Bueno, yo solo vi el de mi boda y comparado con ese... Sí. Este es bien bonito —responde, y suena el datáfono—. Mira, parece que hoy funciona.

Coral pasa la tarjeta y bajamos.

—Gracias. Que tenga muy buen día.

—Que lo paséis muy bien y que el ramo llegue a salvo —desea, y sale corriendo para abrirnos la puerta—. Por cierto, ¿sabéis sobre qué hora terminará la boda más o menos? Es para avisar a los compañeros.

—Una boda se sabe cuándo empieza, pero no cómo termina —augura Coral.

Contemplo a Coral. Lleva un mono color oliva recto con mucha caída. Parece una musa de los setenta agarrada a su *clutch*. En la cabeza, una diadema con hojas secas que se confunden con doradas. Y a ella, con una diosa. Parece que el Olimpo la ha escupido aquí por un día. Entre cómo va y que es una cara conocida no le quitan el ojo de encima todos los invitados. Parece Tarantino con la mano herida en La Teta Enroscada. Los solteros ya están haciendo quinielas.

—¿Has visto cómo te miran, zorra? Vas espectacular —le pregunto, y me aseguro de que no se me ha subido el vestido en el taxi.

—Claro, y tú vas hecha un adefesio con ese vestido de encaje transparente —contesta, y se retrasa para admirarme por detrás—. ¿¡Hola!? ¿Desde cuándo tienes ese culo comestible? ¿Y ese escote en la espalda? A ver si tengo que dejar el gimnasio para trabajar en la floristería contigo.

—Sí, claro. Di que te marchas de la tele para venir a trabajar conmigo.

—Ya lo he hecho… —musita.

—Estás de coña.

—No, la semana pasada dije que no renovaba en el programa.

—Coral, ¿me lo estás diciendo en serio?

—Sí —afirma, y se detiene—. Yo no estudié Periodismo para ser una azafata en un programa de machirulos puestos hasta arriba de coca. Si sigo un año más, me van a encasillar en el programa y ahí sí que se me cerrarán todas las puertas. Aún estoy a tiempo de luchar por el trabajo que quiero.

—Joder —exclamo, y abrazo a Coral tan fuerte con la mano libre que tengo que casi le descuajeringo el mono—. Coral, estoy muy orgullosa de ti.

—Como hagas que se me corra el rímel te arrastro de los pelos.

—Y ahora, ¿qué vas a hacer?

—Quiero dejar de ser una cara conocida. Quiero entrar en la radio. Esa siempre ha sido mi vocación. Ser una voz que cuente historias. Una voz que también se moje en los temas, una voz seria. Así que viviré el verano que tenga que vivir. Verano en el que me has dejado colgada otra vez —ironiza desenfadada—. Y después buscaré trabajo en el puesto más bajo de la radio para subir poco a poco.

—Abre tu cartera XXL.

—¿Por qué?

—Tú ábrela.

—Me has metido algo.

—¡La quieres abrir!

—Vaaale —responde. Abre la cartera, saca un folio doblado tres veces sobre sí mismo y lo despliega—. «Reserva para el hotel Puerta Serranos 4 Sup. Valencia. Para dos personas, 23 de diciembre»… ¿En serio?

—Claro. Ahora diciembre es el mejor mes para celebrar las hogueras de San Juan. Hacemos una hoguerita en la playa, rezamos para que no llueva y pedimos como deseo que mi madre…

—Te quiero, Sah.

—Lo sé.

Entramos en el palacio y nos guían hasta donde está la novia. Llevo el ramo como si fuese la llave que detiene el fin del mundo. No sé cómo se debe de sentir siendo una novia con ese ramo, pero yo me siento poderosa de cintura para arriba y un flan de bufet libre de ramo para abajo. Entramos en la habitación donde la están terminando de retocar.

—Hola, Caroli…

—¡Sáhara! —interrumpe al verme por el reflejo del espejo. Todas las mujeres que están maquillándola y retocando el vestido me miran mal. Seguro que ellas también piensan que he intentado boicotear la boda— ¡Todavía no me enseñes el ramo! Bueno, sí… ¡No! Espera. —Se pone de pie y cierra los ojos—. Tráemelo.

Abre los ojos y lo ve.

Lirios de cala, orquídeas blancas, rosas inglesas y dalias blancas. Sujetadas por una cuerda cableada de sisal en forma de lazo y envuelto en seda.

—Pero, Sáhara…, por favor… —Rompe a llorar, se gira para enseñárselo al resto de damas de honor y todas lloran también. Han dejado de mirarme como si fuese la que va a romper la boda para mirarme como a una de sus salvadoras—. Es el… ramo… más increíble… —Vuelve a llorar.

—Representa muchas cosas. Los lirios, la inocencia. Tú me has enseñado que abrazar el amor con inocencia no es malo ni se van a aprovechar de ti. Las orquídeas y las rosas blancas representan la pureza de sentimientos, y no hay nada más puro que la verdad. Las dalias blancas, el impulso pasional. Las azules las dejaban los hombres o las mujeres a sus parejas como señal de que sabían de su infidelidad. Esto es justo lo contrario. Un amor pasional, fiel y sincero, y la cuerda en forma de lazo muestra que, en el amor, el lazo siempre es más resistente que el nudo. Y no cabe duda de que Jaime y tú sois lazo.

—Sáhara, es un ramo con el que no podía ni soñar, pero es perfecto.

—Nuestra conversación sirvió de inspiración. Bueno, te dejamos tranquila que te tienes que casar y esas cosas.

—Por favor, no te vayas sin avisar, que te quiero presentar a unas personas, y con este ramo te van a querer conocer más aún.

—¿Has visto cómo te han mirado algunos familiares cuando el que oficiaba la boda ha dicho «Yo os declaro marido y mujer»? —pregunta Coral mientras coge una copa de vino de la bandeja del camarero—. Te han mirado como diciendo «Jódete, zorra, no lo conseguiste».

—Esa llamada que desbloqueé sin querer ha sido la más cara de la historia —contesto mientras cojo otra copa de vino. Me dirijo al camarero—. ¿Qué vino es?

—Un godello, señorita.

—Gracias… —agradezco, y se me escapa un suspiro. Uno prácticamente imperceptible, excepto para Coral.

—¿Qué te pasa?

—Nada.

—No ni na. ¿Recuerdas a tu abuela?

—No es eso.

—¿Recuerdas a cierto hombre que te ayudó a desprenderte de los restos de tu abuela como si escondieseis un cadáver?

—¿Cómo puedes ser tan bruta e insensible? —Intento defenderme atacando. Salir por la tangente, pero no lo consigo.

—*Touché*. Entonces es el cómplice de encubrimiento. Ese chico malo está incumpliendo la ley demasiadas veces. —Pone tono de narradora de tráilers de películas—. Ese chico necesita un correctivo.

—Coral…

—Y ese correctivo se lo va a dar una florista cuando coja su capullo y…

—Sáhara, ¡estás aquí! —interrumpe Carolina acompañada de dos hombres. Coral no sabe dónde meterse—. Te presento a Armand Simón y a su marido, Emilio Ibor. Armand es el director del Mandarín Oriental Ritz de Madrid.

—Encantada. Es un placer conocerlos.

—Contigo queríamos hablar, Sáhara. Trabajas en la floristería de la calle del Espíritu Santo, ¿no?

—No trabaja, es suya —interrumpe Coral, la miro, da un paso hacia atrás.

—Sí, es la floristería que tenemos mi madre y yo.

—Conocí la noticia cuando salió el reportaje de dónde compraban flores Sus Majestades. ¿Y cómo va la tienda?

—Bien, bien. Es una tienda humilde pero referente en Malasaña.

—¿Y tu madre podría prescindir de ti en la tienda para que trabajases con nosotros?

—¿Cómo? —pregunto sin dar crédito. Miro a Coral, sus ojos son el Año Nuevo chino. Miro a Carolina, sonríe como a la que le encanta que los planes salgan bien.

—Necesitamos una floristería que se encargue del cuidado y mantenimiento de todas las flores de nuestro hotel. Le damos mucha importancia a las plantas y es imprescindible que todas estén en perfecto estado. Hemos pensado que tú eres la persona indicada, ¿qué dices?, ¿te ves en el puesto? ¿Te interesa?

Coral me mira como Charles Xavier usando su telepatía. No ha funcionado, pero sé que intenta decirme que como no coja ese trabajo me mata.

—Gracias por pensar en mí, no veo el momento de empezar a trabajar juntos.

Coral da una palmada.

—Genial, ahora le pido tu número a esta novia tan guapa que tengo aquí y el lunes te llamo para perfilar los detalles. Y, por cierto, el mejor ramo de novia que he visto.

La pareja se va. Carolina está exultante.

—¿Has visto lo buenas que son mis presentaciones?

—Carolina, lo que tú has hecho no es un regalo, me acabas de cambiar la vida y ni lo sabías. —Rompo a llorar y le doy un abrazo—. Gracias de verdad.

Se acerca el fotógrafo de la boda.

—Hazme una foto con ellas, pero que no entre la desconfianza, ¿eh? —le pide Carolina mientras me guiña un ojo.

El fotógrafo y Coral no entienden nada. Yo lo acabo de comprender todo.

38

Gafas de presbicia para leer el futuro

(Calle de los Cabestreros, 12. Bajo C).

—¿Diga?

—Nicolás, abre. Soy Ciro.

—Aquí ya no vive ningún Nicolás. Murió de hambre por culpa de un ricachón que se hizo pasar por él.

—¿Estás tonto o qué? ¡Me quieres abrir!

—No, ya salgo, *marico*, que para paseos cortos ya puedo.

¿Ya puede andar? Todo este tiempo trabajando por él y, justo cuando nos despiden, ¿ya puede andar? Lo mato. Sale por la puerta. Podría vacilarle con la sorpresa y cobrármelo.

—Hombreee —exclamo mientras lo examino. La verdad es que ha perdido toda la musculatura de las piernas. Parece un cervatillo intentando caminar por primera vez ayudado por una muleta—. Pero si tenemos aquí al hombre milagro, de reposo total a pequeños paseos en dos semanas.

—Una sesión de rehabilitación y mira —alardea a la pata coja—. Cuando la termine, voy a estar en mejor forma que tú. Esta no bajará —dice señalando su tripa—. Pero se me va a quedar un tipín.

—No lo dudo, Nicolás, ¿has comido ya?

—Qué va, ahora iba a prepararle algo a Gabriela y a las niñas, que Stella cuando tiene hambre se convierte en el demonio de Tasmania, *marico*.

—Pues avísalas de que hoy no vas a comer con ellas, que te quiero invitar.

—¿Y no me lo podías decir antes, Cirito? —pregunta, y saca el teléfono. Se lo aleja a una distancia considerable como para disimular que no ve bien de cerca.

—Es que quiero hablar contigo de una cosa y darte una sorpresa.

—«Tú» y «sorpresa» son dos elementos que nunca casan bien.

—A lo mejor hasta me lo agradeces, quién sabe.

Nicolás intenta leer la carta del restaurante, prueba a diferentes distancias. Se desespera. Se impacienta viendo cómo lo observo.

—Esta carta está mal impresa —refunfuña, y la tira en la mesa—. A ver, te conoces este sitio, ¿no? Elige tú.

—Sácalas...

—¿Qué quieres que saque ahora?

—Las gafas, Nicolás, sácalas.

Me mira avergonzado como un niño que ha pintado las paredes y tiene las palmas tiznadas. Saca las gafas. Son unas horribles gafas de lectura para la presbicia que se unen y cierran por la mitad por un imán. Hay caras a las que le favorecen las gafas. A Nico no.

—¿Contento?

—Pletórico —respondo, y me muerdo los carrillos en un claro acto de contención—. Esa noche, ¿no me viste por la lluvia o porque no ves tres en un burro? —pregunto divertido.

—Ya te tocará a ti. Tú ríete, que ya te tocará —riñe, y se quita las gafas para dejármelas—. Son solo para leer.

—Quita, quita, que jugar con las muletas de otro o con sus gafas de lectura trae mala suerte.

—Ciro, tampoco es que seas tú el más afortunado del mundo ahora mismo.

—Bueno, tengo mis momentos, Nicolás. Tengo mis momentos. ¿Tú te sientes afortunado?

—Tengo una mujer y unas hijas increíbles que me aman. Tengo una ducha con agua caliente. Cuando me despierto recuerdo siempre los sueños. Y esta pierna ya está dejando de joder, así que en nada empezaré a buscar trabajo.

—De eso te quería hablar, Nico.

—Mucho tardaba en salir Cirito el Salvador…

—¿Cuánto tiempo he trabajado haciéndome pasar por ti?

—Casi tres meses.

—En esos tres meses, ¿sabes qué era lo que más me gustaba? Que cuando me subía en una bici y hacía de ti, me sentía mejor persona.

—Es que lo eres, Ciro. Que nadie te haga pensar lo contrario.

—Una persona que tiene todas las opciones en su mano y aun así elige siempre hacer las cosas como el culo no sé cómo de buena será…

—Ciro, tienes un corazón enorme, pero siempre estás en tu cabeza. Deberías bajarte un poco más ahí de vez en cuando —dice, y señala mi pecho.

—¿Eso lo ves con tus gafas de cerca?

—Eso es lo que eres y no te falta verlo para saberlo.

—Nicolás, sin paños calientes. Estoy creando una empresa de entrega sostenible y social. Un negocio con trabajadores a los que se trate bien y que tengan sus derechos. Bueno, trabajadores… Me acaban de dar el préstamo y, con los ahorros de que dispongo, solo tengo para pagar a uno. Por algo se empieza, pero tengo un problema porque el trabajador que quiero se está recuperando de una caída aparatosa.

Nicolás se pone a temblar. Vuelve a sujetar la carta de plástico y se abanica de forma indirecta. Sus músculos no se activan para llorar, aun así sus patas de gallo son abrevaderos.

—Ciro, jura…

—Lo juro.

—Como me estés mintiendo… —amenaza.

—Te lo juro, *MARICO*.

Lanza su torso por encima de la mesa y me da un abrazo que casi me produce un neumotórax. Nicolás tendrá las piernas sin musculatura, pero de ombligo para arriba es una mole.

—Pero aún no sé cuánto me queda de recuperación, Ciro. ¿Te lo has pensado bien?

—No trabajarás solo. Lo harás con alguien que trabaja igual de bien que tú. Incluso que es tan bueno que podría hacer de ti.

—¿No puedo cambiar de compañero?

—Cabrón. Mientras te recuperas empezaré yo solo. Así que tómate el tiempo que necesites para empezar… con buen pie.

—Gabriela te va a atiborrar a dulces de leche.

—Antes de eso, necesito tu ayuda. Aún no sé cómo llamar a la empresa y mañana voy a hacer todo el papeleo, tema de registros y demás, ¿qué nombre le pondrías tú?

Nicolás apoya los codos en la mesa y la barbilla en sus manos entrelazadas. Me observa con sus gafas de lectura para la presbicia como si quisiera sacar lo inherente de mí. Ahora se frota el mentón con la mano. Me está poniendo nervioso.

—Lo tengo. «Picaflor».

—Nicolás, es una empresa de entregas, no de gigolós.

—Pero «picaflor» es como se llama al colibrí. En mi tierra, al colibrí lo llaman «el mensajero de los dioses».

—Joder, como Iris. Ahora entiendo todo. Vamos a hacer una cosa. Vamos a llamar a la empresa «El Picaflor Verde». Si antes de mañana me arrepiento, le ponemos «El Colibrí Verde», ¿de acuerdo?

—¿Y cómo se te ocurrió la idea?

—Sáhara —respondo mientras llamo con la mano al camarero—. No solo tú sacas mi mejor versión.

—Buenooo, ¿en qué punto está eso?

—Pues… Quedamos esta noche y he preparado una sorpresa para la Noche de San Juan. No sé qué pasará, pero no recuerdo haberme sentido así nunca, y solo por esto merece la pena.

—La alegría, Ciro. Las mejores cosas y personas son las que merecen la alegría. Y después de tanto, tú te mereces ser feliz por un ratito —corrige mirándome a los ojos. En el último medio año solo Sáhara y Nicolás me han mirado a los ojos de verdad—. ¿Estás nervioso?

—Acojonado, paralizado, inerme.

—¿Qué puñeta es «inerme»?

—Que no tengo nada con lo que defenderme.

—Sigues sin entenderlo.

—¿El qué?

—Que del amor no se tiene que defender uno.

Hay verdades que perforan más que un neumotórax. Que hacen que te mires en un espejo y el reflejo es un gato queriendo entrar. Y hasta que no llene mis pulmones de aire o abra la puerta no voy a aceptar su alcance.

—Nicolás, me tengo que ir —interrumpo apresurado.

—¿Me dejas aquí, maldito?

—Perdona, antes de quedar con Sáhara, tengo que hacer algo que he estado evitando mucho mucho tiempo.

(Calle Eloísa de la Hera, número 8).

Llamo a la puerta de la que hace un tiempo fue mi casa. El día que me fui para no volver tiré el juego de llaves en la primera papelera que encontré. Ahora ya no es mi hogar, solo es una casa en la que sé dónde están las cosas. Es muy distinto. Todavía no sé por qué tiré las llaves a la papelera y no a mi padre, él sí es una basura de persona.

Se escuchan pasos acercándose a la puerta, mi corazón suena como un trueno al impactar sobre una chapa metálica, la mirilla se oscurece. Abre la puerta. Es mi padre.

—¿Qué quieres tú ahora? Ahora que tu madre me ha dejado, ¿vienes a restregármelo?

—¿Mamá te ha dejado? —pregunto, y miro por encima de su hombro. Faltan muchas cosas de la casa—. Al final se ha atrevido —añado con dosis de orgullo.

—¿Vas a venir a reírte de mí, repartidorcito?

—Para nada. Vengo a rendirme. A soltar el odio que te he tenido siempre porque no has estado a la altura como padre.

—Ciro, quién te crees que eres para hablarme así… —pregunta, y levanta la mano.

—Papá, decide muy bien lo que vas a hacer. Yo ya no soy un niño al que asustar y me voy a defender. Nunca te tuve respeto, solo miedo. Y ya ni eso. Así que, en serio —le aviso encarándome—, decide muy bien lo que vas a hacer porque, como empieces, no me detendré.

La tormenta en mi corazón ha pasado. Ha cambiado de bando. Él se queda inmóvil y por primera vez puedo ver en sus ojos miedo. Continúo:

—Te has quedado solo en la vida por no valorar lo que tienes. Por pensar que lo bueno que te ha sido dado te lo merecías y eso te daba derecho para tratarnos como a un felpudo. Por pensar que todo lo puedes pagar o comprar. Ya ni me dueles. No te guardo ni rencor. Ya no tengo que defenderme de tu recuerdo. El mejor golpe que puedo darte es no ser como tú y ahí sí que te lo agradezco. Te otorgo el mérito. G-R-A-C-I-A-S. Gracias por ser todo a lo que no aspiro. Gracias. Si algún día tengo hijos, será muy fácil ser mejor padre que tú y, si llega ese día, ni siquiera me compararé contigo porque ya no eres nada mío y yo mucho menos algo tuyo. No serás nada. Te deseo una larga vida y salud, para que te arrepientas de cada uno de los pasos que te han llevado hasta aquí.

—Vete de aquí o llamo a la policía —musita amenazante.

—Tampoco tengo mucho más que decir. Cuídate, papá.

Cierra la puerta.

En el fondo, uno sabe cuándo es la última vez que se cierra una puerta. Suena diferente. Sin solemnidad. Se vuelve una puerta pintada en un muro. Se termina la magia, el truco del manco. Una casa tapiada para siempre y, dentro, mi propio retrato de Dorian Gray se acaba de quemar. Se rompió la maldición y con ella mi pasado. Mi pasado no mereció la pena. Mi presente lo merece todo.

39

De igual a igual

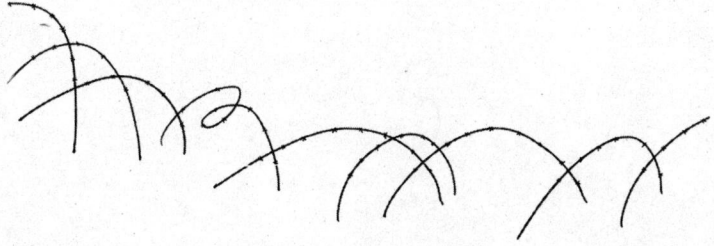

CiroEsGilipollas
Hoy

La Noche de San Juan se
celebra, pero el día también? 14.00

Te veo venir, qué tramas? 14.01

Todo a su tiempo, todo a su
tiempo… De momento te
queda media hora para salir 14.03
Tienes la tarde libre? 14.04

Creo que no, he quedado con
un chico, pero todavía no me
ha dicho ni hora ni lugar, así que,
no sé, a lo mejor es que
me va a dejar plantada 14.06

No creo que nadie con corazón
sea capaz de quedar con alguien
y luego no aparecer… 14.08

No sé, siempre pueden suceder
imprevistos... 14.10
Oye, te tengo que dejar que
entra mi madre por la tienda
y le tengo que dar una noticia.
Si sobrevivo, luego te la cuento 14.11

Desde que mi Lita murió hace una semana mi madre es otra, no sé. Empiezo a formular la teoría de que una mujer que pierde a su madre deja de ser hija automáticamente. Y mi madre ha dejado de ser hija y también un poco madre. Es un pájaro que se ha caído del nido, lo ha tocado la mano del ser humano y desde el suelo ya no puede volar y, desde arriba, su madre ya no lo reconoce como cría.

—Hola, mamá, ¿cómo estás hoy? —pregunto acercándome a saludarla. El afecto de mi madre se resume en ofrecer una mejilla funcionaria para que deposite el beso. Un beso cálido en tierra árida.

—Hola, hija. No pegué ojo anoche. Me tomé un termo de melatonina con valeriana, y nada. Y tú, ¿qué tal la boda? ¿Quedaron contentos los Navarro?

—Demasiado...

—¿Qué pasó esta vez?

—¿Por qué tiene que pasar algo malo siempre?

—Porque los «demasiado» siempre tienen detrás algo malo —contesta examinándome. En busca de indicios—. ¿Con qué hiciste el ramo?

—Pues lo hice con lirios de cala, orquídeas blancas, ros... ¡Que no, mamá! ¡Que no tienes que supervisar cada cosa que hago en mi trabajo! Lo hice con gusto, y vaya si les gustó.

—¿Vas a hablar así a tu madre? ¿Encima con la semana que llevo? —ruge.

—¡Llevamos, mamá! ¡Llevamos! Que la abuela se nos ha muerto a las dos. Y parece que aquí tú solo tienes el carnet para sufrir.

—Cuando hayas sufrido lo que yo en la vida, hablamos…

—Dime qué barra de sufrimiento tengo que llenar para que sea suficiente para ti. A ti te abandonó tu pareja. Yo he crecido sintiendo que mi padre me abandonó porque necesitaba deshacerse de mí. Yo he crecido sintiendo que tú me culpabas de que nos abandonara papá —contesto con furia en los ojos donde antes había charcos.

Mi madre se queda en shock. En el fondo yo también. Nunca me había atrevido a hablarle así. Nunca me había visto plantarle cara. Su gesto pasa a uno con más empatía.

—¿Cómo lo voy a pagar contigo, hija? —se acerca y posa su mano en mi hombro. Noto mi latido bombear bajo su palma. Ella coge aire como si fuese a pronunciar palabras nuevas—. Tú no tuviste culpa ninguna. Tu padre y yo lo habíamos dejado. Simplemente no nos hacíamos bien. Hay personas increíbles que juntas se sacan lo peor. Tu padre y yo éramos de esos. Lo habíamos dejado, pero… el odio es una forma de pasión. Y en uno de nuestros encuentros para lanzarnos reproches nos acostamos, y me quedé embarazada.

—¿¡Ya no estabais juntos cuando te quedaste embarazada de mí!?

—No estábamos juntos, pero al quedarme embarazada decidimos darnos una última oportunidad de hacernos bien. De hacerlo bien por ti. Durante todo el embarazo estuvo —resopla para evitar quebrar—. Dio el callo. Pero a los nueve meses después de verte nacer, volvimos a sacar lo peor de cada uno. Él dijo que ya no podía más. Yo le advertí que si salía por esa puerta no nos volvería a ver ni a ti ni a mí. Sobre todo a ti. Él respondió que prefería hipotecar su presente y su futuro cercano contigo con tal de que no crecieras entre gritos y discusiones.

Cerró la puerta. Volví al salón y, al verte gatear, lo culpé de romper esta familia.

Tirito. Ahora soy yo el pollito de color que nadie quiere en una caja de cartón abandonado por su padre.

—¿Y nunca intentó contactar conmigo?

—Ojalá te pudiese decir que lo intentó muchas veces, o cada año. O que te enviaba por lo menos un regalo cada cumpleaños y yo los tengo todos escondidos bajo llave. Ojalá darte un motivo para que me odiases, pero nada. No sé si está vivo siquiera. Una clienta me dijo una vez que creía haberlo visto por Costa Ballena, en Cádiz. —Resolla como si llevara atragantada décadas—. Por eso no te dije nada. Por eso sentías que te culpaba sin hacerlo. Porque verte me recordaba lo cobarde que fue.

Abrazo a mi madre. La abrazo como cuando me recogía a las cinco de la tarde a la puerta del colegio. La abrazo como cuando salía del mar y me envolvía con la toalla tamaño familiar. Mi madre acaba de volver a ser madre e hija. Mujer y semilla. Germina el perdón y la gratitud. La cuerda se destensa.

—Mamá, gracias. No ha tenido que ser nada fácil para ti.

—Debería habértelo dicho antes, pero tenía miedo de que tú también me abandonaras.

—Yo no me voy a alejar, pero debo hacer mi vida. Algún día tendré que salir de aquí por mucho que te vea cada mes. Lo entiendes, ¿no?

—Pero, hija, ¿es que no estás a gusto aquí?

—No te estoy diciendo eso. Mira… Te lo voy a contar ya. En la boda se acercó a saludarme el director del Ritz. Por lo visto, les encanta nuestra floristería y —hago una pausa para armarme de valor— quieren contratarnos para que nos encarguemos de las flores del hotel.

—¿Cómo?

—Es decir, quieren que yo vaya y supervise todo. Por eso, te voy a proponer una cosa a la que llevo dándole vueltas desde ayer. ¿Qué te parece si yo me convierto en la cara externa de la tienda?

—Vamos, que quieres ser una relaciones públicas…

—No, mamá. Te propongo que tú estés en la tienda y que yo me encargue de hacer lo del Ritz, cerrar convenios con marcas, con artistas y demás, pero bajo la marca de la floristería.

—¿Ahora somos una marca?

—Ahora vamos a ser un negocio llevado por una madre y su hija. De igual a igual. Horizontal.

Coger distancia también es una forma de acercar posturas.

CiroEsGilipollas
Hoy

Has sobrevivido a tu madre? 14.35

He cerrado un negocio que me
ata a la floristería por años, así
que está muy contenta 14.36
Y yo también lo estoy, me
apetece celebrarlo 14.36
El chico me va a indicar la hora
y el lugar de la celebración o
tengo que hacer otros planes? 14.37

Vamos a quedar donde empezó
todo. En la puerta donde nos
chocamos. A las 21. No llegues
tarde 14.40

40

Entre siempre y jamás

40

Entre siempre y jamás

(Zaguán del restaurante Ojalá).

En mi vida he sido más una sala de espera y antesala que otra cosa. Más cajón de sastre que caja de sorpresas. Un sherpa de ruta corta para llevar a las mujeres a otro destino mejor. Un preámbulo eterno. Han levantado tantos muros para protegerse de mí que ahora no me acostumbro a la posibilidad de ser la ciudadela de nadie. Supongo que es como montar en bicicleta, nunca se olvida.

Son las 20.59 y Sáhara aparece. Escucho sus labios pintados de rojo. Contemplo lo que dicen. Podría ponerme estupendo y pensar que no me ha dado tiempo ni a esperarla, pero llevo contando los momentos desde que nos despedimos en El Retiro.

—¿Qué ven mis ojos? ¿Tú llegando a la hora?

—Pues calla, que casi me retraso eligiendo modelito, ¿te gusta? —pregunta mientras da una vuelta sobre sí misma.

Que si me gusta… Lleva un vestido de flores que termina a mitad de sus muslos, muslos de unas piernas que ahora se me hacen eternas, piernas que andan sobre unos botines negros. Y esos labios rojos como dos marcas de copa de vino tinto en un mantel después de un brindis. Me noto la boca seca.

—Si no te sale bien lo de la floristería, siempre te puedes dedicar al estilismo. Se te da bien… muy bien.

Nos miramos como queriendo abrazarnos o derrapar su carmín. Nada nos va a saciar. No arranco mi mirada de sus labios. Ella me saca de esos pensamientos.

—Ahora que por fin voy a empezar a petarlo con la floristería… Quita, quita. En la cena te cuento —contesta, y mira a todos lados—. Por cierto, ¿dónde vamos a cenar?

—¿Llevas el pasaporte contigo?

—¡¿Qué!?

—Pues que si llevas el pasaporte, bueno, creo que dentro de Europa con el DNI no te van a poner problemas… El DNI sí que lo llevarás, ¿no?

—Claro que lo llevo, pero no me vaciles que me estás poniendo nerviosa…

—Hoy es San Juan, ¿no? Tendremos que ir a una playa para celebrarlo… Vamos, digo yo.

—Estás loco, Ciro…

—Eso lo sabías desde que nos chocamos sobre esta baldosa —contesto, y señalo la entrada del zaguán del restaurante—. Entremos.

Saludo al dueño. Él sonríe cómplice. Mira a Sáhara como diciendo «te va a encantar». Sáhara no entiende nada. Camino delante de ella, marcando la ruta. Siento por detrás su calambre. Me recreo en la escopaestesia. Empiezo a bajar las escaleras a una planta inferior. A mitad de camino la detengo.

—Va a ser mejor que te quites los botines.

Sigue sin entender nada, pero me hace caso. Posa sus pies sobre la escalera como si el suelo le abrasara, sin plantar el pie del todo.

—¿Contento? —pregunta.

—Y los calcetines —añado mientras hago lo propio.

—¿También? —contesta con cara de asco.

—Los calcetines también.

Se los quita y se queda de puntillas. Me fulmina con la mirada. Se me escapa una carcajada.

—Ahora sí que podemos bajar —le anuncio mientras doblamos la escalera.

Su cara se desencaja. El sótano es un chiringuito de playa con paredes vistas, iluminación íntima y el suelo cubierto por arena. Todas las mesas bajas están retiradas a los lados menos dos cojines y en el centro he puesto una minifogata. Solo para nosotros. Sáhara me busca con la mirada.

—¿Has reservado todo esto?

—Sí, parece ser que yo también lo voy a empezar a petar con el negocio. El dueño del restaurante entrará como socio comercial y me ha hecho el favor —explico con orgullo mientras me siento en un cojín—. Ponte cómoda. Esta Noche de San Juan la celebraremos con una playa para nosotros solos.

No quiero mirar la hora porque si lo hago el tiempo volará. Sé que estoy como nunca. Que ella está cómoda. Que, si la luz de las fogatas hace a todos guapos, a ella la luz del fuego le hace un altar.

Me ha hablado de la confesión de su madre y yo de la petición de divorcio de la mía. Nos hemos cagado en nuestros padres un poco. Le he hablado de El Picaflor Verde y de Nico. Nos hemos reído cuando le he comentado cómo le expliqué a este lo que era el *petting*. Ella me ha hablado de Coral, de su aventura radiofónica y de su viaje en diciembre para hacer una Noche de San Juan en diferido. También me ha dado la noticia de que va a entrar como florista del Hotel Ritz, que pretende trasladarse de Malasaña a un local más amplio, y de otros proyectos que quiere hacer. Me ha propuesto ser socia comercial de mi negocio. Le

337

brillan los ojos cuando habla de su futuro. Nunca he admirado a una pareja. He sentido orgullo momentáneo, pero nunca admiración. A Sáhara la admiro.

—Bueno, ya que es la Noche de San Juan habrá que hacer un ritual, ¿no? —le comento mientras saco de debajo de una de las mesas bajas de los laterales un par de folios y bolígrafos—. Toma, escribe lo que deseas dejar atrás y no quieres que forme parte de ti. Doblas el papel y lo tiras al fuego.

—Bufff… Vaya año, Ciro.

—Vaya año.

—¿Lo puedo decir en voz alta o es como los deseos, que si se dicen no se cumplen?

—No creo que porque lo digas el cosmos te penalice sin cerrar el ciclo. Dilo si quieres. Puedo empezar yo.

—Vale. Oh, Ciro —clama poniendo voz esotérica—, ¿qué quieres dejar atrás?

—¿La verdad?

—La mentira no te ha traído nada bueno.

—Quiero dejar atrás a mi padre. Su casa. Que cada vez que digan mi apellido sea para mí un término en desuso que no me defina. Quiero dejar atrás la versión de mi madre más lastimera. Alejarme si sigue siendo un agujero negro. Quiero dejar atrás mis constantes ganas de estar a la defensiva.

Sáhara se deleita.

—¡Pues escribe todo eso! —ordena.

—Voy…, y tú, ¿qué quieres dejar atrás?

—Pues… Quiero dejar atrás la necesidad de tener un padre. Dejar atrás la culpa de pensar que no he sido suficiente para que se quisieran quedar a mi lado. Dejar atrás la floristería como cárcel floral. Quiero dejar atrás la desconfianza y mis ganas de escudarme en ella. Dejar lejos la relación de dependencia que tengo con mi madre. Y muy lejos al Ciro mentiroso… Este me parece más interesante.

—Ese no me cae bien ni a mí —ironizo y me yergo—. Pues, venga, escribe tú también.

Escribimos. Escribimos como dos niños pequeños que hacen su primer trabajo conjunto. Escribimos con fe renovada en que hay palabras que cierran épocas. Rescinden contratos de figurantes en nuestra vida, que dejan hueco a nuevas vacantes. Escribimos y nos miramos de reojo para validar la magia. Y terminamos de escribir. Plegamos hasta cuatro veces el papel para que surta efecto y lo lanzamos a las llamas con la expectación del que vierte un caramelo Mentos en la Coca-Cola y espera la erupción. Y nos miramos, sabiendo que en esta etapa que se abre, de alguna manera, estaremos para contemplarla.

—Pero esto no acaba aquí.

—¿Hay más ritos de esos que has buscado por internet a última hora? —pregunta.

—Uno más. Hay que saltar la fogata nueve veces para tener protección todo el año.

—¡Tú flipas!

—Sáhara… Ritz, El Picaflor Verde… Yo no me la jugaría.

—Como alguien esté grabando todo esto te mato. Te juro que te machaco el hígado —amenaza, y me da un puñetazo entre el hombro y el codo. Sabe pegar.

—¿Cómo puedes ser tan bruta? —pregunto con risa dolorida—. Nadie está grabando. Venga. Nueve saltitos de nada y protección durante todo el año.

—Está bien, caprichoso. Allá voy —dice, se incorpora y hace estiramientos para prepararse—. Uno, dos, tres, cuatro, ciiinncoo.

—Casi te caes y todo.

—¿Te quieres callar? —grita avergonzada —. Seis, siete, ocho y nueveee.

Aplaudo lentamente con el ímpetu de la afición de unos juegos de invierno.

—Ahora hazlo tú, ¿eh? —reclama.

Sigo sin mirar la hora, pero los dos sabemos que ya es «la hora». El tiempo se nos va mientras estamos abrazados sentados contemplando la danza torpe de las llamas. Estamos en ese momento. Ese momento en el que el latido tiene más decibelios que las canciones. En el que las canciones son lugares donde quedarse a vivir. En el que cualquier tipo de conversación es una excusa para evitar el tsunami que se cierne sobre nuestras cabezas y nos empuja como dos alfileres en el agua. Ahora somos amantes del durante. Cualquiera que bajase a este sótano y nos admirase se iría pensando que somos la pareja más pasional dentro de la M-30.

La rodeo con el brazo y su cabeza descansa sobre mi clavícula. Cada inspiración suya es un huracán que levanta mi casa. Cada espiración es un fuego abrasador que enciende mi tejado de carne. Con mi mano acaricio su rostro. Con el índice, su pómulo. Con el dedo corazón, el lóbulo de su oreja derecha. Escalofrío. Con el anular, el meridiano que separa sus maxilares. Con el meñique me deslizo por la línea de su cuello. Y qué cuello. Y con el pulgar... El pulgar va por libre. Sin darme cuenta el pulgar ya está en su comisura. Noto su aliento húmedo. Su boca entreabierta dando permiso para ser asediada. No me achico. Transito con la yema de mi pulgar por sus labios como una carrera en sus medias abriéndose camino. Como si pudiese arrastrar dunas y mantenerlas intactas. Me detengo. Las dunas se cierran sobre mi dedo en forma de beso superficial.

Nos miramos. Me aproximo como si me lanzara de una tirolina invisible. Abandono mi fortaleza. En el torreón asoma mi padre, que ni se despide. El niño feliz que fui se viene conmigo. Empiezo a coger velocidad. Acepto no tener las riendas. La fortaleza se empequeñece hasta desaparecer. No sé a qué nos llevará esto, pero por primera vez en mi vida entro en lo inédito.

Estoy a un palmo de su lengua. Gracias, Sáhara, por sacar de mí lo que más me gusta y ni sabía que tenía. Bendito choque de extremos. De lucha de contrarios. Humedezco con la punta de mi lengua los labios antes de rozar los suyos. Ahora todo está en equilibrio. Blanco y negro, aceite y agua, oveja y lobo. Gracias al Ciro de verdad por salvarme de mí. Noto la vibración de su aliento.

Cierro los ojos. Gris intrínseco.

Si alguien bajase justo en este mismo instante y nos viese, vería lo improbable: el acercamiento de la mujer cactus y el hombre globo.

Agradecimientos

Llevo media hora merodeando esta hoja en blanco. Me asomo a ella y dentro veo a toda la gente que quiero.

Gracias a Diego, mi hijo, por su inocencia interminable. Por querer que le enseñe todos los escenarios del mundo por videollamada. Por todos los finales explosivos de *Beyblade*. Por nuestro dialecto sagrado.

Gracias a Beatriz, mi pareja, mi coarrendataria, el veintidós incontable por ser una generadora de admiración. Por atreverte a materializar. Por domar mi deseo. Por asalvajar mi rutina. Por todas las alarmas a las seis y media con infusión. Por todas las conversaciones incómodas y todos los brindis de godello. Por el bendito concierto de Love of Lesbian en el Botánico que no vimos acabar.

Gracias a mis abuelos por cada vez que aparecéis en sueños. Sé que no tenéis otra forma de comunicaros conmigo, pero los pocos ratos que sacamos juntos son irrepetibles. Si rompo cada techo que me propongo, es por llegar a vuestro cielo.

Gracias a Paula por ser la mejor mujer cactus existente. Por ser todas las mujeres en una. Mi hermana de selección. Mi madre adoptiva. Mi hija artística. Por la paciencia sensible. Por tu TOC salvavidas. Por saber ver lo imperceptible.

Gracias a mi madre por su amor horizontal. Por heredarme su escritura y empujarme a crear universos como este.

Gracias a Jorge por ser mi capa de ozono. Mi hermano mayor. La fina línea amarilla. La mesura personificada.

Gracias a Sergio por ser mi caos organizado. Mi avispero agitado. La vulnerabilidad incorregible.

Gracias a Héctor, Jhonny, César, Ismael, Pablo, Manu, Miki y Álex por ser la mejor banda que podría tener. Pocas bandas surcan la carretera con tanto amor y fraternidad.

Gracias a toda mi oficina de Sonde3 por hacerme soñar a lo grande. Por apostar por mí y por mis locuras. Por todas las reuniones restaurante mediante.

Gracias a Irene Lucas por ser la mecha de este libro, por ponerme a prueba al creer en mí. Por esa reunión en la estación de Sants que recordaré toda la vida.

Gracias a Elísabet porque si estoy en esta editorial es gracias a ti. Por hacerme testigo de tus confidencias. Por hacer que la cerveza en botellín sepa mejor. Por tu cinismo admirable y por descubrirme a José.

Gracias a mis editores Gonzalo Albert y Ana Lozano por el órdago a la grande. Gonzalo, gracias por emocionarte en cada capítulo y entender esta historia tan especial como yo. Ana, gracias por ser la única lupa por la que me dejo corregir.

Gracias a todos los semejantes que me ha traído la música.

Gracias a ti que me lees por haberte sumergido en una historia como esta. La vida pasa tan rápido que lo queremos todo para ayer y casi nadie disfruta los durantes o los mientras tanto. Ojalá a partir de ahora veas las calles de Madrid con la mirada de Sáhara o de Ciro. Ojalá te choques con la vida y dinamite todo lo preconcebido.

No sé qué fue antes, si la canción o la novela, pero gracias a la mujer cactus y al hombre globo por acercar posturas. En un mundo donde tachan de imposible lo diferente, mi corazón está del lado de los improbables que se atreven.

David Martínez Álvarez, más reconocido como Rayden, es un escritor, cantante y productor musical nacido en Alcalá de Henares (1985).

A los treinta y siete años aprendió a guiñar solo un ojo. Aunque antes de ese hito, había sido campeón mundial de una competición de improvisación, había sacado seis discos (dos de ellos n.º 1 de los más vendidos) y era padre de un hijo con inteligencia emocional.

En su faceta como escritor es autor de libros como *Herido diario* (2015), *TErminAMOs y otros poemas sin terminar* (2016), *El mundo es un gato jugando con Australia* (2019), *Cantinela: Cien canciones y noventa y nueve finales alternativos* (2021) y *Amoratado* (2022). *El acercamiento de la mujer cactus y el hombre globo* es su debut como novelista y su primera novela con Suma.

Puedes contactar con el autor a través del medio que prefieras (Instagram, Twitter, YouTube, TikTok):
@soyrayden
Telegram t.me/Raydenoficial

Queremos compartir
más momentos contigo.

Únete a la comunidad de Penguin Libros
y encuentra tu siguiente lectura.

¡Únete hoy!

Penguin
Random House
Grupo Editorial